GASPARD
PROUST

MEA
CULPA

AVERTISSEMENT

Certains propos ou passages de ce livre
pourraient éventuellement heurter
la sensibilité du lecteur.
C'est normal, c'est fait pour ça.

92, avenue de France - 75013 Paris
Tél. : 01 44 16 09 00 - Fax : 01 44 16 09 01
www.plon.fr
www.lisez.com

Dépôt légal : janvier 2023
ISBN : 978-2-259-31386-5

GASPARD PROUST

MEA CULPA

PLON

À mon frère adoré.

« Au commencement était le verbe,
Vers la fin, l'écriture inclusive.
Heureux l'homme moderne,
Car il n'en a plus pour très longtemps. »

GASPARD PROUST

DES JEAN-CLAUDE DUSSE DE LA POLITIQUE

C'est un petit cri du cœur, « Appelez-moi le directeur, je veux parler au directeur ! », qui irrésistiblement s'élève au-dessus de ce brouhaha de café du commerce quinquennal qu'on appelle une « campagne présidentielle ». Je précise d'emblée que toutes les campagnes présidentielles ont été peu ou prou du café du commerce diffusé en prime time. On peut le regretter, mais la réalité est cruelle : un « sujet de fond », ça n'a jamais rempli un réservoir de voiture ou envoyé un Dalton au bagne.

Le Président a décidé qu'il ne débattra pas. Quand on a une place assurée pour le deuxième tour, pour quoi faire ? Qui, à sa place, aurait envie de jouer le rôle d'un gibier peint en rose fluo avec des cibles collées sur tous les côtés un jour de chasse à courre ?

À 10 % dans les sondages, sans doute aurait-il adoré parler à tout le monde. En mettant bien sa main sur la vôtre, comme si un support tactile lui était toujours nécessaire pour donner un peu de consistance à la vacuité de ses arabesques vocales. C'est d'ailleurs un peu sa marque de fabrique ; il adore parler. Et c'est à se demander parfois si cet homme n'aurait pas fait plus de dégâts s'il avait été un jour reçu à la Comédie-Française.

Ses concurrents en souffrent. Ils tapent du pied, s'indignent ; à tous les micros, c'est l'Agnan du *Petit Nicolas* qui se roule par terre avant que quiconque n'ait daigné lui casser les lunettes.

Ils me font penser à des Jean-Claude Dusse de la politique : « Je vais me le faire ! Je vais me le faire ! » pendant que lui, imperturbable, les regarde d'un air vague du balcon de son meublé. Les observateurs les plus fins décrypteront dans ce regard la mise en branle d'un vertigineux Meccano intellectuel où pêle-mêle se télescopent Poutine, Paul Ricœur, TIPP flottante, McFly et Carlito... Macron, plus sobrement, s'interroge : « Dois-je vraiment leur rendre le Scrabble ? »

L'annonce de ce refus fut un cas d'école dans le registre de l'humiliation présidentielle. On envoya au pupitre le garçon poli-bien-peigné servant de majordome à la parole présidentielle. Monsieur le directeur recevra évidemment en temps voulu – c'est-à-dire après le premier tour – le concurrent choisi par le peuple pour causer géostratégie et sentiment d'insécurité. Dans l'attente de cette rencontre, vous trouverez dans le vestibule la brochure explicative de toutes les réussites et réalisations de notre cher directeur bien-aimé, dont personnellement je souhaite qu'il se représente même si c'est bien sûr une décision lourde qui lui appartient, mais comme c'est un homme d'État responsable doté de qualités stratosphériques, puits de science et de civilité, né en même temps sur la roche de Solutré et dans le vallon de Colombey-les-Deux-Églises, je vois mal comment il pourrait priver la France de l'offrande inestimable qu'il lui ferait en répondant par non à la question : « Serez-vous candidat ? »

À ce niveau de langue de bois, il vaut mieux porter des lunettes de protection adaptées pour éviter de se prendre un copeau dans l'œil.

Rappelons au passage que cet impitoyable aérosol sylvestre a déjà fait de nombreuses victimes. Ainsi, à force de se prendre ses propres copeaux dans l'œil – merci le masque –, M. Véran a tout récemment expliqué sans rire à une population à 90 % vaccinée, avec plus de 500 000 cas par jour et des labos affirmant eux-mêmes qu'ils travaillaient sur une dose spécifique pour Omicron, que le plus urgent, c'était de s'enfiler une troisième dose... Alors, certes, ça protège *inchallah* du Covid long, etc. Mais pour une fois que les Chinois arrivent à nous exporter un truc qui dure. Respectueusement.

JDD, 17 février 2022

MA CHÈRE RÉPUBLIQUE

Je suis venu te dire que je m'en vais. Et tes appels au vote ne pourront rien y changer. Je viens de recevoir une lettre du consulat du Brésil, ils ont accepté ma demande de naturalisation. À partir du 25 avril, c'est sous le tropique du Capricorne que j'irai marier des candidats à des principes. Que veux-tu, je suis devenu un pédophile démocratique, c'est aux femmes en croissance que j'aime choisir des macs.

Tu t'en remettras. On nous comptera bien, nous, les abstinents, au soir du deuxième tour. Les commentateurs s'en indigneront. Une fois de plus, on criera à la démocratie malade ; à l'irascible pessimisme français. Duhamel en aura la coupe au bol hirsute ; Apathie, les sourcils si remontés qu'on lui croira la chevelure revenue. Cayrol marmonnera que c'était prévu. On le comprend : n'a-t-on jamais vu un boucher prêcher le végétalisme ?

Le lendemain, les médias réchaufferont au micro-ondes de leur routine les restes de la soirée. Le deuxième jour, ils assaisonneront les abats, puis l'actualité servira d'autres viandes : « Qui pour Premier ministre ? Qui au perchoir ? Etc. » En trois jours, nous serons une anecdote. En une semaine, un souvenir. L'INA s'occupera de l'équarrissage définitif de notre indignation muette. Tu es née poussière amniotique ; tu finiras poussière numérique. Si la réincarnation existe, ça sera sous forme de bêtisier.

Peu importe. Je serai loin.

Aussi loin que peuvent me sembler les dimanches que j'ai autrefois consacrés à te choisir tes Adonis constitutionnels.

Trop longtemps, j'ai pris sur moi de partager avec le peuple ce devoir conjugal d'aller te pousser dans les bras de ton intérimaire de la République. Trop longtemps, c'est à lui que j'ai dû me mêler pour aller t'élire l'étalon susceptible de t'enfanter de la réforme.

J'en ai soupé du peuple... De ce peuple que de toutes parts on adule, que de toutes parts on flatte, ce peuple qui s'indigne lorsqu'un de ses représentants ne connaît pas le prix de la baguette, alors qu'il est, lui, parfaitement incapable de te citer le principe de subsidiarité sur lequel pourtant il vote... Le peuple, ce mot-valise, ce concept nécessairement positif dont chaque parti se réclame actionnaire majoritaire. Le peuple, cette escroquerie sémantique qui accole au nombre le talent de sagesse.

Comme il est nombreux, c'est qu'il doit être infaillible ! Implacable raisonnement ! On l'a bien vu en 1933. Jamais je n'ai pensé pareille ânerie. Aussi dense soit-elle, la boue séchée n'a jamais fait le marbre.

Oui, c'est avec lui que j'ai dû te partager... Et pour garder ses suffrages, tu n'as jamais osé le remettre en question.

Depuis 1894, directement ou indirectement, tu en as fait ton fournisseur officiel de Casanova. Tu ne t'en es jamais plainte, tu te croyais plus forte. Tous tes lauréats sont arrivés fringants, tous sont repartis usés. Par ton protocole, tes manières, ton goût immodéré pour le faste, ta peur de déplaire...

Le seul iconoclaste fut Félix Faure. Sous tes dorures, il eut le génie d'entrer dans l'éternité en associant à son ultime éjaculation un AVC. Ce dernier regard, cette apoplexie coïtale enrobée de favoris Belle Époque, j'espère qu'il hante encore ta mémoire.

Comme toute entretenue honteuse, pour mieux supporter ton vice, tu t'es fardée de beaux principes qui ne trompent plus que toi-même.

Avec l'aplomb des camelots, tu t'acharnes à croire que c'est ton universalisme qui illumine le monde. Tu te prends pour le phare d'Alexandrie du XXIe siècle quand tu n'es plus qu'une flammèche anorexique gobant les derniers grammes d'oxygène qui peuplent encore la cave que tu occupes au sous-sol de la mondialisation.

Il faudra t'y faire, Nana... Ce qui fait bander le monde, ce n'est pas ta petite charte – verbeux plagiat des dix commandements –, mais cet incroyable talent que tu possèdes pour réconcilier la catin avec Vénus. Ton coup de maître, c'est d'avoir insufflé cet esprit dans ce fabuleux pays qu'est la France.

Il faut que tu en sois consciente ; l'entrecuisse de tes principes, elle ne sent ni Rousseau ni Voltaire. Elle sent le miasme de femme flambée au Chanel n° 5. Si le monde se retourne encore sur toi, c'est parce que de tous tes pores tu fouettes à plein nez la soie frottée au foutre.

Tes odeurs à toi, ce n'est pas l'haleine fétide que le sénateur souffle sur l'alinéa que l'Assemblée discute, mais les vapeurs foudroyantes de l'inconnue de la Madeleine, la sensualité infinie d'un terroir de la Côte de Nuits, la moiteur douce de la côte de Granit rose autant que l'odeur de graisse brûlante qu'éjacule l'ortolan lorsqu'on le fait craquer sous la molaire.

Ta lumière, ce ne sont pas tes idées dont le monde entier se fiche aujourd'hui, mais ces rayons irréels, à la fois pâles et profonds, que le promeneur touché par la grâce saisit parfois sur les pierres des Tuileries aux crépuscules clairs.

Ta mélodie intérieure, ce ne sont pas les discours à l'ONU, mais celle produite par toutes ces jambes qui, dans les cabarets de Pigalle, adjugent à coups de french cancan à la planète entière ses lots de fantasmes mousseux.

Quel paradoxe ! Qui eût pu croire un instant que la volupté pouvait être inventée au pays des Hobbits aigris...

Peu importe, c'est du passé...

Le 7 mai, lorsque le soleil irradiera mes orteils sur une plage de Copacabana et que le clapot lent accompagnera vers le néant du monde mes dernières nostalgies européennes, tes créanciers prodigues iront te présenter la facture de tes fastes. D'avance, je connais ta réaction : tu te poseras en victime, tu crieras au complot. Ciel, ma bourse ! Le déficit, c'est les autres ! Comme d'habitude... Tu ne changeras jamais, Nana...

Tu finiras hoquetante de belles idées, affalée sur ton lit de principes momifiés, à puruler de toutes tes fentes le sébum de ta frivolité passée... Si tu avais le goût de l'ironie – trait que tu n'as plus depuis que tu as décrété que l'aristocratie était ringarde –, tu te serais débrouillée pour mourir dans les bras de Cheminade. Delacroix parmi nous, il en eût fait un tableau. Il l'aurait intitulé : *Le Clown veillant la pouffe.*

Adieu.

Ton abstentionniste absolu

Le Point, 8 avril 2012

« Bon, certes, je passe mon temps à critiquer, je ne vote pas, mais ça ne veut pas dire que je n'ai pas de convictions.
Ceux qui viennent voir mes spectacles savent très bien qu'au fond je suis de gauche. Gauche caviar, évidemment...
Après, je ne suis pas sectaire... S'il reste de la truffe, j'y vais aussi... Malgré tout, je reste persuadé qu'il y en a qui se disent : "Ce Proust, il est complètement réac !" Pas du tout, vous savez pour qui j'ai eu un crush en 2017 ? Pour Benoît Hamon ! Eh oui ! C'est le seul qui défendait des valeurs aristocratiques : le droit à l'oisiveté et la rente... »

NOUVEAU SPECTACLE, 2017

WATERGATE À CALVI

En préambule, qu'on soit bien d'accord : nager derrière une femme dans une piscine pour lui rouler des pelles sans son consentement, ce n'est pas bien. Et si Jean-Jacques Bourdin était reconnu coupable, je serais évidemment le premier à militer pour des horaires de piscine séparés. Maintenant, l'essentiel. L'époque étant à la généalogie du fécal, décortiquons ce dossier qui recèle un témoignage accablant contre Jean-Jacques : l'affaire du maillot de Sidonie. Le lieu du drame ? Une piscine. Sous Rome, on y causait politique en y faisant défiler des éphèbes en toge, aujourd'hui on y cause médias en y faisant tremper des naïades en maillot.

Mais « Le Loft » est passé par là et a consacré la trempette filmée. C'est de la transparence, donc un progrès. Après le tableau *La Liberté guidant le peuple*, on attend avec impatience *Le Voyeurisme chevauchant Édouard*. Je ne parle bien entendu pas ici d'Édouard Philippe, à qui il faut rendre hommage tant chacune de ses apparitions télévisuelles s'apparente à une provocation identitaire puisque sur son visage, jour après jour, le blanc semble prendre le dessus sur le noir.

Bref, Bourdin a invité Sidonie à Calvi et il lui a proposé d'emporter son maillot. Décryptage de ce

Watergate qui ne manquera pas de faire dévier l'orbite de la Terre par rapport au Soleil.

Il y a d'abord chez Jean-Jacques quelque chose de foncièrement singulier : il semble plutôt attiré par les femmes. Hélas, dans ce monde, la marginalité inquiète.

Ensuite, il possède ce triste défaut du prosaïsme masculin : « Viens chez un pote, il y a une piscine. Et si tu prenais un maillot ? » Quelle femme ne serait pas consternée par le manque d'originalité de cette proposition ? Il lui aurait dit : « N'oublie pas ta motoneige et un compresseur », sans doute aurait-elle fondu devant le pittoresque du personnage ; *fissa* aurait-elle appelé ses copines pour leur dire : « Je crois que derrière ses manières rustres se dissimule une vraie délicatesse. À la manière dont il m'a dit "compresseur", j'ai bien senti qu'il n'assumait pas d'avoir envie de faire les brocantes de Provence avec moi. » Un pareil affront ne pouvait rester dans le domaine de la sphère privée. Heureusement, il n'existe pas de saine démocratie sans un Edwy Plenel qui veille. Notre Savonarole numérique – mix hoquetant entre un mouchard de salon de coiffure et un créatif farces et attrapes spécialité boules puantes – n'a pas tardé à recueillir ce précieux témoignage et à le mettre bien au chaud dans la boîte à compost qui sert de disque dur à son *Voici* bolcho-wokiste digital.

Qu'on me comprenne bien, je n'ai jamais été un grand fan de Jean-Jacques Bourdin, qui a installé en France un concept, l'interview-du-journaliste-qui-a-la-plus-grosse-et-ose-poser-des-questionsen-roulant-du-musc. Je ne critique pas, il avait du flair car, quand on voit la concurrence, il y avait une vraie place à prendre. Un mâle alpha au physique de rugbyman – imaginez une sorte de Patrick Cohen ayant atteint l'âge adulte – au pays des petits marquis toussotant au moindre courant d'air idéologique contraire : le créneau était évident. Mais qu'il est court, le chemin du Capitole à la roche Tarpéienne...

Quand une carrière bâtie sur la testostérone vous amène à chevroter de la phrase devant une Valérie Pécresse à l'hubris pas encore dégonflée par ses cabrioles oratoires, il y a de quoi comprendre pourquoi le Christ préfère s'adresser aux hommes par leurs faiblesses plutôt que par leurs forces. Les premières sont des constantes, les deuxièmes des variables. En gros, voir Jean-Jacques trembler devant Valérie, c'est un peu comme regarder Mike Tyson se faire mettre KO par Cyril Féraud.

Ce n'est évidemment que le début de l'histoire, mais on annonce déjà que les troupes russes massées à la frontière ukrainienne seraient en train de faire mouvement vers Calvi. Quant aux néoféministes qui me trouveront par trop complaisant avec notre Valmont aquatique, je leur rappellerai simplement que dans ce pays, même Nordahl Lelandais a droit à un avocat. Respectueusement.

JDD, 20 février 2022

« "C'EST QUOI POUR TOI L'AMOUR ?"

Eh bien, c'est cette très belle chose qui peut exister entre un homme et une femme, une femme et une femme, ou un homme et deux femmes. C'est un Everest, c'est un truc tout là-haut. Le problème, c'est l'accès par la voie normale, il faut un sherpa, et la femme, c'est le sherpa de cet absolu. C'est une sorte de paillasson de l'extase, un téléski du sublime, le machin qu'on enfile et hop... Alors je sais que ce que je raconte peut sembler un peu misogyne, et ça l'est ! Toutes les femmes ne sont pas égales entre elles. On n'a pas besoin des mêmes compétences pour faire la butte Montmartre ou l'Everest. Donc, il faut faire un tri. Alors, comment on trie les femmes ?
À titre perso, je trie les femmes comme le vin. À chaque fois que je fais un dîner avec le sexe opposé, vient ce moment où elle entre en concurrence avec la bouteille. Et les femmes comme le vin, il y a le premier cru classé, le deuxième, troisième, quatrième, cinquième cru bourgeois, vin de pays, vinaigre balsamique, vinaigre jusqu'au Paic citron eau de Javel et, tout en bas, saumur-champigny. Je rassure quand même les dames qui sont là, je ne classe que sur des critères physiques.

J'estime que j'apporte le reste. Je sais que les femmes ne procèdent pas comme ça, c'est pas la beauté physique qui compte pour elles, mais la beauté intérieure.
C'est évidemment pour ça que toutes les adolescentes ont dans leur chambre le poster de Michel Petrucciani.

CELA DIT, BON, TOUT ÇA, C'EST ASSEZ THÉORIQUE

et vous vous dites, concrètement, qu'est-ce qu'un vin de pays ? La trentenaire. Qu'il faut toujours carafer avant de consommer. Il faut qu'elle s'aère. « Je crois que je suis saoule », là, c'est bon, on peut y aller. Si une trentenaire vous dit qu'elle a 30 ans et qu'elle a envie de se poser, elle est bouchonnée. Mais c'est normal, parce que la trentenaire, c'est l'expression de son terroir, son petit terrier, son petit chez-elle, avec ses petits coussins, ses boîtes Ikea, ses décos champêtres, tout ça.
Amélie Poulain sous LSD. Chez elle, vous trouverez la bibliothèque typique de la trentenaire qui représente le déclin de l'empire occidental. Les livres issus de sa scolarité obligatoire et les livres qu'elle s'est mis à acheter.

Madame Bovary, *Le Rouge et le Noir*, *Candide*, *L'Étranger*, et soudain, *Plus jamais victime*, *J'apprends à dire non*, *Trouve ton animal totem*, *Et si ça venait du ventre*... Si ça ne venait que de là. Généralement, elle aime bien la science-fiction, donc vous trouverez toujours un livre sur la puériculture. Un machin intitulé *Concevoir son enfant durant un gang bang le rendra-t-il plus sociable ?* Quand je vois ça, je me mets à pleurer. Alors je m'enfuis, totalement torché, il est 3 heures, je me trompe de porte, je tombe dans sa cuisine,

ET LÀ...

Elle collectionne de ces trucs. Des boîtes à thé... Oui elle collectionne du thé. Je vois ça, je me mets à pleurer. Ça me rappelle la perte de nos colonies. Je tourne la tête, je vois le frigo, et il y a toutes ces icônes punaisées dessus, une chapelle ardente de ses idoles obligées, Janis Joplin, Georges Brassens, Gainsbourg... Et à côté de ces petites photos, des citations du type : « Ce qui ne me tue pas me rend plus fort. » Eh ben, ça t'a quand même vachement abîmée ! Et si elle a des problèmes de répartition corporelle de la masse, elle va mettre cette phrase de Proust : « Je laisse les jolies femmes aux hommes sans imagination. » C'est bien une phrase de pédé, ça ! Mais la question lancinant demeure : « Qu'est-ce que le vinaigre en version femme ? » C'est simple, ce n'est pas une question d'âge, mais de statut. La femme célibataire. Ça, c'est le vinaigre absolu. J'explique. Pour la comprendre, il faut comprendre l'homme. Parce que l'homme, bon, c'est un conquérant du sublime, un Marc Aurèle du string. Il cavale à travers le monde, éclaboussant tout de sa créativité, de sa superbe, de sa force, de sa puissance. Quand le soleil voit l'homme, le soleil a honte. Il arrive, il a besoin d'un défi, la célibataire est là, acquise, on dirait une Roumaine tombée du camion. «Adopte-moi!» Où est le défi? Donner à bouffer à quelqu'un qui a faim, on a autre chose à faire.

JE DIS ÇA, J'IMAGINE QU'IL Y A DES FEMMES CÉLIBATAIRES

Je ne suis pas là pour vous stigmatiser mais Jésus avait une très belle phrase sur votre état. Il disait : «Rien n'arrive jamais par hasard.» Je suis un mec sensible, j'ai besoin d'une femme stable, donc en couple. Je veux connaître l'homme qui va s'occuper de mes enfants. Et cette femme existe, ce grand cru, cette femme…

Quadragénaire, quinquagénaire, au sommet de la colline de sa vie, cette femme, c'est fin octobre. Un arbre pousse, une branche s'étire, une pomme pendouille, et cette pomme ondule mollement au vent, la peau est tendue, pas encore fripée, les sucres sont là, pas encore alcoolisés, et la branche pendouille, pendouille… Et en dessous, le compost qui attend. Cette femme est au sommet de sa vie, elle est comme ça, le soleil, elle bouffe ses rayons, et devant elle… ce long crépuscule qui l'attend. Elle est morte. Mais il lui reste trente ans à vivre. Une fois par mois, elle va aux toilettes, l'ovule tombe, plus que neuf à faire péter. Chez elle, l'horloge biologique ne fait pas tic tac, mais ploc, ploc ! C'est cruel, hein ?

SI CE N'ÉTAIT QUE FICTION… »

GASPARD PROUST TAPINE, 2013

VLADIMIR A DES SUEURS FROIDES

Ayant pour habitude de me fier sans retenue à l'expertise journalistique francophone, connecté aux analyses de ses messagers comme un téléphone portable à son chargeur, je comprends assez vite que Vladimir Poutine est d'abord et avant tout un attardé mental doublé d'un idiot géopolitique qui va très rapidement revenir la queue entre les jambes au Conseil de sécurité de l'ONU avec un bouquet de fleurs dans une main et un drapeau arc-en-ciel dans l'autre.

Mal préparé, impulsif, faible, et si ça se trouve, pire, indifférent à l'empreinte carbone d'un char d'assaut, Vladimir a simplement oublié qu'il avait en face de lui le colosse européen.

Dans les états-majors politiques français, la riposte fut d'une violence inouïe. « Condamnation ferme », « Invasion inadmissible », « En jaune et bleu, j'exilerai ma peur »... Trois heures après l'invasion, jamais on n'avait épuisé aussi vite le dictionnaire des synonymes. Si les bouches pouvaient servir de lance-missiles, à cette heure, Moscou ressemblerait à un espace vert entretenu par la mairie de Paris. Et encore, c'était sans compter le scud présidentiel. Enfermé dans la salle Jupiter, dans un silence à peine perturbé par les chuintements essoufflés d'un Clément Beaune en train de soulever un manche à balai lesté de pots de yaourt vides – il pratique la musculation à haut niveau –, Emmanuel Macron n'a pas tremblé en appuyant sur le bouton envoi de son compte Twitter : « La Russie doit mettre immédiatement fin à ses opérations militaires. »

À la lecture du tweet, Poutine est sonné. Ses derniers fidèles ont beau doubler le nombre de gouttes de valériane sur son sucre, fébrile, il attrape la télécommande de sa télévision, espérant qu'un destin moins cruel lui serve un épisode de Masha et Michka. Hélas, son doigt ripe et il se retrouve face à l'invité du matin d'Apolline de Malherbe, le GI Joe philosophe Raphaël Glucksmann…

Instantanément, des sueurs froides mêlées à un inconfort terrible le saisissent ; s'il était résident chez Orpea, il aurait usé en une minute le stock de couches prévu pour un an. Vladimir craint Raphaël. Dans un songe prémonitoire, il a aperçu Baby-HL venir lui lire une déclaration des droits de l'homme au réveil. Il sait le philosophe affûté. Ses services secrets lui ont transmis une photo de Raphaël en position de gainage dans le salon de son appartement. Tremblant de tout son corps, suintant des gouttes épaisses. Démonstration de force implacable d'un athlète-penseur arrivant à tenir presque trois secondes dans cette position. Il ignore pourtant que du plus loin qu'il s'en souvienne, Raphaël n'avait pas eu aussi mal aux avant-bras depuis qu'il a tenté d'enfiler sans échauffement la Breitling d'un ami.

Dans une fuite en avant délétère, Vladimir zappe encore et tombe sur Anne Hidalgo en train d'articuler des termes comme « invasion », « guerre », « nazisme » et « c'est parce que je suis une femme ». Il zappe encore, il ne sait pas que, ce faisant, il signe sa chute. Ici, on parle de l'illumination de la tour Eiffel aux couleurs ukrainiennes, là, de l'annulation de la participation de la Russie à l'Eurovision. Acculé, honteux, en pleurs, Vladimir attrape son portable, sélectionne le groupe « fiottes occidentales » et envoie un « Ji m'ixcouse » suivi d'un émoji mimant un baiser en forme de cœur. L'âme slave restera à jamais un mystère pour les nihilistes de l'Ouest. Respectueusement.

JDD, 27 février 2022

« LA NOUVELLE DU JOUR :

malgré la guerre et leur isolement, les Russes ont le meilleur système de santé du monde ! Je rappelle qu'au mois de février [2022], tous les pseudos experts en tranchées russes, "rasputica" et consorts nous expliquaient que : "Poutine, c'est plié. Il a trois cancers, le Sida, une Parkinson, la rage, la maladie de Charcot..." Tu les écoutais, à moins de faire un voyage à Lourdes, le gars ne passait pas les saints de glace. Et là, tu le vois sur l'estrade en train de brailler : "Hourra, hourra !"... Tu lui ajoutais trois Tchétchènes derrière, et il te faisait un haka en cyrillique. Pardon, mais à côté Joe Biden – alias Djobi Djoba – vaut mieux pas qu'il s'essaie à ça. Au premier "hourra", il n'y a pas que ses cordes vocales qui risqueraient de lâcher. »

EUROPE 1, 5 OCTOBRE 2022

CHRISTIANE (TAUBIRA) REVIENS !

Difficile de ménager ici un quelconque suspens tant les chaînes d'info en continu ont bouleversé leurs programmes pour annoncer le drame ; Christiane Taubira n'a pas eu ses signatures. Je le confesse sans honte, une émotion intense me saisit à l'écriture de ces lignes et je remercie du fond du cœur le mode écrit de savoir si bien préserver la pudeur de l'auteur. Si par malheur j'avais dû dire ces mots devant une caméra à l'instar du youtubeur bougon du Kremlin, sans doute aurais-je moi aussi fait une minute de silence pour toutes les futures victimes que l'absence de Christiane sans nul doute causera.

Elle, dont la présence a permis autrefois à Jospin d'obtenir la médaille de bronze à la présidentielle, ne sera pas là pour imposer des thèmes centraux comme le Smic à cinq mille euros CFA, la piétonnisation des autoroutes ou le Colissimo transatlantique en pédalo décarboné. Naturellement, ce retrait rebat les cartes. Taubira absente, c'est une piste cyclable qui s'ouvre devant une Anne Hidalgo qui peut espérer doubler son score et, pourquoi pas, atteindre les 2 %. C'est l'avantage de ce que l'on appelle en Bourse, les « penny stocks ». Ça vaut 0,01, mais si ça monte à 0,02, ça vous fait quand même une hausse de 100 %.

Yannick Jadot, aussi, se frotte les mains ; au moins cinq ex-militants distributeurs de tracts pour

Christiane seraient susceptibles de le rejoindre. Certes, ils viendraient encore avec des t-shirts siglés « Taubira présidenteux » mais tant que cette panoplie contient des traces de dreadlocks élaguées ou une odeur de chien mouillé, le ralliement est validé.

Mais que les Français se consolent. Ce que la politique vient de perdre, la littérature vient de le reprendre. Car Christiane – on ne fuit pas son destin – est d'abord et avant tout un immense écrivain. Les élus qui lui ont refusé leur parrainage le savaient bien ; on n'encourage pas Rimbaud à passer des heures au téléphone avec Poutine. Non, pour son bien, on l'enferme dans un meublé et on laisse souffler entre ses doigts la muse Plume.

Christiane a tout d'une grande. Je le sais, j'ai lu toute son œuvre car nous avons pour habitude avec un ami de nous offrir mutuellement des livres qui ne dépassent pas les cinquante exemplaires vendus. C'est une pratique qui nous fait beaucoup rire, même si je dois avouer qu'elle a le défaut de nous pousser vers une certaine inculture puisque suivant ce principe, nous n'avons toujours pas lu le moindre livre d'Éric Zemmour. Nous ne restons pas les bras ballants pour autant puisque pour compenser ce déficit en littérature viriliste, nous nous plongeons dans du Manuel Valls ou du Hervé Morin. Si, si, ils ont écrit des livres. Livres dont la thèse principale peut se résumer à : « Même tiède, l'eau mouille. »

Nuit d'épine est sans doute le livre clé pour accéder à la parousie littéraire taubiresque. Tout néophyte – donc futur aficionado – ne se lassera pas d'aller revoir sur YouTube notre Rabelais tropical faire pleurer les matinaliers de France Inter en leur lisant de manière si habitée ses propres mots. J'utilise le mot « habité » à dessein, tant le style de Christiane, par l'urgence, le foisonnement et la surcharge, évoque le bourrage d'un logement social prévu pour cinq par une famille de trente. Selon certains témoins, durant cette lecture mythique, les murs du Panthéon auraient tremblé et le slip de Voltaire se serait fendu.

De cette absence en politique, on ne pourra regretter qu'une chose : le débat que par ses tweets à l'orthographe incertaine Christiane a voulu lancer sur l'écriture inclusive. Au fond, qu'est-ce que l'écriture inclusive sinon un cri au secours : « Lecteur, je suis un illettré, je ne sais plus accorder correctement les mots, alors, s'il te plaît, fais-le de manière juste à ma place. » Christiane, tu nous manques déjà. Respectueusement.

JDD, 6 mars 2022

« ATTENTION,
JE PEUX TOUT SOUILLER
MAIS TAUBIRA
JE N'Y VAIS PAS,

C'EST MA LIMITE,

ÇA, JE N'Y VAIS PAS...
FEMME, NOIRE ET BOLCHEVIQUE...
CUMUL DES MANDATS....
TAUBIRA,
C'EST LE MAHOMET LAÏQUE...

Quand t'es blanc
et que tu commences une phrase
par Taubira sans avoir l'impression
de te jouir dessus de fascination,
très vite on entend au loin
le froufrou des chaînes
dans un champ de coton…

**DIRE
TAUBIRA
D'UNE FAÇON
NEUTRE QUAND
T'ES BLANC,**

t'es déjà à mi-chemin
entre *Mein Kampf*
et *Le Livre de la jungle* […]

[...] PARLANT DE FEMMES ENGAGÉES...

Camélia Jordana, Audrey Pulvar, Assa Traoré... Ah, Assa, l'Antigone "wesh-wesh à qui de droit justice pour tous"... Je l'adore. D'ailleurs de manière générale, je trouve toujours tellement émouvant quand les gens de banlieue sont invités sur un plateau télé et qu'on leur donne la parole ! Tu vois dans leurs yeux que c'est bon, ça y est, ils sont dans la place, alors ils essaient d'avoir l'air structuré, et tentent des phrases complexes. Et quand ils arrivent à faire une phrase avec sujet, verbe et objet : ils ont une de ces fiertés dans l'œil. Du coup, ça leur chauffe le casque et ils se lancent dans des phrases encore plus complexes... »

NOUVEAU SPECTACLE, 2017.

« "Nous, tout ce qu'on demande par rapport à notre petit frère poursuivi pour un banal délit de fuite en raison d'un emprunt inopiné de scooter destiné au covoiturage de substances thérapeutiques relaxantes, emprunt inopiné pour cause de service public de la mobilité défaillant dans les territoires oubliés de la République, solidaire, citoyenne, collective et écoresponsable, et ce qu'on veut savoir, c'est comment que c'est possible que cela soit possible car sans justice, vous n'aurez pas la paix, à qui de droit nonobstant."
Là, même Dupond-Moretti est aux fraises !
Et ils enchaînent avec : "Scooter qui au passage n'a jamais été retrouvé parce qu'il se serait "évaporé" dans la nature..."
Les mecs de banlieue tu les reconnais au fait qu'ils mettent des "entre guillemets" pour annoncer une métaphore... Comme si on était trop cons pour comprendre...
Comme si en ne les mettant pas, tout le monde serait en train de visualiser un scooter en train de bouillir dans un faitout !
Après, je sens venir le reproche : "Mais il ne se moque que des femmes de couleur, et gnagnagna..." Pas du tout, il faut être juste, il existe évidemment des femmes engagées

caucasiennes tout aussi ridicules ! Au hasard, Julie Gayet ! La Marilyn Monroe Biocoop ! Celle avec qui Hollande allait faire catleya* rue du Cirque ! Ce Hollande, quel trapéziste de la chatte ! Bon, normal, comme il sait que pour lui c'est loin d'être gagné à l'avance, dès qu'on lui en jette une, il se précipite, s'accroche…

Alors si je me permets de dire que Julie est une femme engagée, c'est parce qu'elle-même le revendique… Un jour, un illustré lui a demandé : "Mais qui êtes-vous ?" Et elle de répondre : "Qui suis-je ? Actrice, femme engagée et amoureuse de François Hollande…" L'exploit de cumuler trois humiliations en une description. Après, j'ai remarqué que dans ce pays, fallait pas grand-chose pour obtenir ce petit pins de la jean-moulinade verbale.

Parce que pour moi, engagement, ça veut dire "risque", "adrénaline", "danger"… Pardon, mais quel risque tu prends à t'engager pour le mariage pour tous ou la piétonnisation des berges ? C'est bon, calme-toi, tu ne viens pas de chasser les Schleus de Stalingrad ! Qu'est-ce que tu risques à part une invitation à dîner chez Hidalgo avec Aymeric Caron à table et Taubira en cuisine ? »

* Petit hommage à Marcel Proust. Ceux qui ont lu *Un amour de Swann* comprendront.

NOUVEAU SPECTACLE, 2017.

L'INFLATION EST ÉTERNELLE MAIS MICHEL-ÉDOUARD LECLERC SAUVERA LE PANIER DE LA MÉNAGÈRE

Quand les prix flambent, il ne peut exister de matinale sérieuse sans la présence de notre incontournable super-héros du pouvoir d'achat réfractaire, Michel-Édouard Leclerc.

Pourtant, transformer un épicier en personnage médiatique, ce n'était pas gagné d'avance. Mais notre Churchill du bon de réduction a du talent. Quand on l'écoute sur les ondes pour la première fois sans le connaître, on pourrait penser qu'il travaille pour l'Unicef.

Dès que l'inflation s'énerve, il réapparaît à l'écran avec un air désolé – il a souvent l'air désolé – pour nous annoncer que la boîte de Chocapic va augmenter de cinq centimes et la lessive Marque Repère de quatre.

Pourtant, notre cavalier de l'Apocalypse de la marge arrière s'est battu comme un chien pour contrer ce funeste destin. À l'écouter, il passe sa vie à ramper tel un commando parachutiste dans le *no man's land* économique séparant le consommateur du producteur. Tout ce qu'il peut gratter comme centimes pour le bien du consommateur, il le gratte. S'il existait des punaises de lit de la ligne « achats aux fournisseurs », il en serait la reine mère.

Il n'a pas dormi des nuits entières à l'idée que la hausse du prix de la pâte à tartiner et du sirop de grenadine – aliments de base qui permirent autrefois la domination militaire de Sparte sur Athènes – puisse empêcher le consommateur d'aller s'offrir un diabète de type 2. En lui, la France s'est trouvé un Kouchner portant sur son dos un Coca de deux litres au tarif d'une canette, un Zelensky du Sopalin à prix coûtant.

« À prix coûtant » est d'ailleurs l'une de ses expressions favorites. C'est à se demander à quel moment cet homme fait du profit. Chez lui, gagner de l'argent résonne comme un aveu d'échec. Chaque euro supplémentaire tombant dans son escarcelle lui fait l'effet d'une colonne de chars russes traversant sans patins son pont des Soupirs intérieur.

Chez lui, un « moins cher » sonne comme un « c'est gratos ». À l'entendre, pour le bien du client, il a eu de la peine à payer sa dernière facture EDF. Instantanément, on souffre avec lui. Mais ce n'est pas grave, parce que, entre lui et ses clients, c'est d'abord et avant tout une très grande histoire d'amour.

Ses ouailles, hélas, se pressent dans les rayons sans jamais lui lâcher le moindre signe de gratitude. Malgré tout le mal qu'il se donne, jamais de petits mots planqués entre ciboulette et romarin du type

« Doudou, on t'aime ». Jamais, au rayon poissonnerie, une culotte d'admiratrice portant la dédicace « Avec toi, je décongèle ».

Car Michel-Édouard a besoin d'amour. Aux blondes aux yeux bleus, il préfère le gracieux spectacle de corps fatigués poussant l'air hagard des conserves et paquets divers dans un brouhaha mêlant jurons parentaux, cris d'enfants et couinements de roues. Il pourrait rester des heures ainsi, notre Werther des grandes surfaces, à mater, de son bureau surplombant les rayons, les mille et une nuances du panier de la ménagère. Les néons blafards, c'est son soleil ; son fauteuil à roulettes, sa banquette chez Sénéquier.

Alors, sur les plateaux télé, il tente sa chance, il essaie de se faire aimer : « Je sais, je ne suis pas fun, je ne sais causer que de centimes mais, putain, je suis le moins cher ! »

Et là, le bonhomme vous cueille à l'émotion. Combien de fois ai-je brandi, en boîte, cette tirade désespérée pour tenter de ramener chez moi la dernière semi-torchée en train de faire la toupie sur les sirènes d'Alexandrie... Malgré la sincérité avec laquelle me sortait ce cri du cœur, je dois reconnaître que c'est un argument qui m'a surtout permis de perfectionner mes techniques de masturbation. Mais peu importe, en Michel-Édouard, j'ai trouvé un frère de souffrance. Respectueusement.

JDD, 12 mars 2022

«DIEU EXISTE, SINON LE LUNDI DE PÂQUES, LECLERC SERAIT OUVERT.»

GASPARD PROUST TAPINE, 2013

« IL NE FAUT PAS S'Y MÉPRENDRE, JE PARTAGE DES CHOSES AVEC LES GENS UN PEU PLUS DÉMUNIS.

Moi aussi, comme beaucoup, j'ai un compte à La Poste. Pas pour les mêmes raisons. Moi, si j'y vais, c'est pour me remonter l'ego. Quand je rentre et que je vois la tête des autres clients, j'ai l'impression d'être Bill Gates. Je les vois trimer avec les petits chèques. Je vais voir mon conseiller au guichet et je dis à voix haute pour bien les... :

"MAINTENANT QUE MON LIVRET A EST PLEIN, QU'EST-CE QUE VOUS POUVEZ ME CONSEILLER ?"

Bon, le mec, il ne me conseille rien du tout. Il est conseiller à La Poste, ce n'est pas son métier. S'il a atterri dans cet endroit, c'est qu'à un moment, il bossait dans une banque et que manifestement, il n'a pas mis les pneus neige au bon moment. Mais La Poste, c'est utile, ça me permet de me socialiser avec des groupes sociologiques qui ne m'intéressent pas du tout. Comme les vieux.

FAUT PAS DIRE LES "VIEUX",

faut dire les « seniors ». Encore pire.
C'est quand même la contraction
de sénilité qui s'ignore.

LES VIEUX,

franchement, ça m'agresse,
mais y a une pensée derrière.
Ce n'est pas gratuit ce que je raconte.
À chaque fois que je vois une personne
âgée, je me dis que si elle est là parmi
nous aujourd'hui, c'est peut-être
que durant la seconde guerre,
elle n'a pas fait preuve de beaucoup
de courage. »

GASPARD PROUST TAPINE, 2013

« Cependant, contrairement
à ce qu'on dit, les personnes âgées
sont plutôt douées pour la technologie.
Il y a peu, mon grand-père est mort.
Je m'en souviendrai toute ma vie.
Il était sur son lit d'hôpital, branché
de partout, il podcastait des perfusions.
Ça clignotait dans tous les coins.

ON AURAIT DIT UNE FREEBOX QUI S'ÉTEINT.

Il y a deux
jours, on a eu
un problème
de réseau,
je me suis dit :

“TIENS, IL VEUT NOUS FAIRE COUCOU !” »

GASPARD PROUST TAPINE, 2013

FAUT-IL ACHETER EN CORSE ?

On a beau s'habituer au caractère imprévisible de l'actualité, il faut reconnaître que peu d'experts ont su prévoir que la fin des masques à l'intérieur allait coïncider avec le début des pastilles d'iode à l'extérieur. L'esprit résolument optimiste que je suis y verra une nostalgie d'air marin, une invitation à délaisser le commentaire des choses anxiogènes pour se concentrer sur ces lieux qui évoquent immédiatement le calme et l'apaisement, je veux bien entendu parler de la Corse.

Il n'existe pas de sujet plus consensuel que la Corse. Jamais vous ne trouverez le moindre continental y possédant une maison critiquer l'endroit. Tous sont ravis et ne tarissent pas d'éloges sur l'île et ses habitants. À titre personnel, je n'ai jamais eu le flair d'y investir mais que voulez-vous, dans la vie, il y a les visionnaires et puis ceux qui comme moi restent convaincus qu'à l'heure actuelle, on brade le mètre carré à Odessa ou Marioupol.

Mais, comme toute situation géopolitique incertaine présente des occasions, de nombreux Français se demanderont à cette heure : « Est-ce le bon moment pour acheter sur l'île ? » En vérité, c'est une question qui n'a pas beaucoup de sens, car la bonne nouvelle, c'est que même si vous achetez une maison en Corse, elle ne vous appartiendra jamais totalement. C'est d'ailleurs ce qui en fait tout le charme. Elle vous met dans la position très particulière d'un squatteur qui paierait toutes les factures. Au-delà de la visée immobilière, elle a ce talent de vous mettre dans la peau de l'« autre » ; plus qu'un toit, elle constitue un véritable parcours pédagogique.

Disant cela, on comprend immédiatement que ce type d'investissements s'adresse plutôt aux gens de gauche. Outre l'indescriptible enchantement de vivre dans un lieu « où l'on ne se sent jamais tout à fait chez soi », la nature précaire du titre de propriété soulage la mauvaise conscience de posséder un bien terrestre hors de prix. Les cœurs purs savent bien qu'il n'existe pire culpabilité que celle de l'intermittent ayant par mégarde acheté à Paris lorsque le prix du mètre carré y était encore abordable pour en tirer profit par la suite. Heureusement, ces cas sont rarissimes ; la plupart ont vite revendu, reversé les plus-values à Emmaüs et sont partis vivre dans des ZAD où la photo délavée d'un Proudhon cloué sur un reste de cagette à fraises leur fait aujourd'hui encore office de crucifix païen.

Précisons tout de même – pour entrer un peu dans la technique – que malgré des diagnostics immobiliers à première vue anodins, il semblerait que de nombreux biens aient été construits sur un terrain où la seconde guerre mondiale a pu oublier des bombes jamais désamorcées. Pour qui aime concilier immobilier, industrie de l'armement et ruines de Dresde, c'est évidemment un must, mais que les moins férus de ce combo explosif se rassurent. Il existe des grigris visuels qui protègent très bien contre l'espièglerie du sous-sol. Ainsi, à l'arrivée sur l'île, changer son t-shirt « Justice pour Adama » pour celui siglé « Justice pour Colonna » peut constituer une protection très efficace.

Enfin, certains s'inquiéteront d'un risque d'indépendance future de la Corse. Ce n'est pas pour demain. Malgré les efforts du gouvernement, la France importe encore plus de 95 % de son figatellu et de son brocciu de l'île de Beauté. Plus grave, l'île détient le monopole de l'édition d'étiquettes jaunes Corsica Ferries. Cette médaille unissant tous les vétérans qui ont un jour attendu un ferry sur les docks de Bastia ne saurait manquer sur tout respectable pare-brise arrière.

Un peu comme les grognards de l'Empereur, il s'établit une fraternité immédiate entre ceux qui la possèdent. Ainsi, j'ai beau, sur l'autoroute, dépasser à 180 km/h dans une allemande celui qui se traîne à 110 dans une française, nos regards se croisent, un sourire se fait et dans nos yeux brille un amical : « Moi aussi, j'y étais ! » Respectueusement.

JDD, 20 mars 2022

« Depuis la tragédie du Bataclan,
je préfère toujours demander
s'il y a des juifs dans la salle,
comme ça, si on se fait attaquer
par des musulmans, on dira,

**"BON, BEN,
VOYEZ ÇA ENTRE VOUS"
VOUS AVEZ TELLEMENT
DE CHOSES À VOUS DIRE...**

Non, parce que moi,
ce qui se passe au Proche-Orient...
Franchement, que Jérusalem
devienne la capitale des catholiques,
des scientologues ou du poppers,

**JE M'EN FOUS
COMPLÈTEMENT...**

Pardon, mais est-ce qu'on vient
vous faire chier au Proche-Orient
avec les problèmes

DE LA CORSE OU DU PAYS BASQUE ?

Est-ce qu'à Gaza ou Tel-Aviv,
on voit des manifestants
en cagoule en train de scander

"I MUVRINI LIBRE" ?»

NOUVEAU SPECTACLE, 2017.

ZELENSKY, LE YOUTUBEUR MILITAIRE DE SALON

Il n'y a rien de pire pour un humoriste que d'être applaudi avant qu'il commence à parler. En ce sens, le cas Zelensky interroge. La chose est bien rodée ; l'écran s'allume, Volodymyr apparaît et déjà les parlementaires l'applaudissent à tout rompre. Ursula von der Leyen le contemple telle Bernadette Soubirous l'apparition de la Vierge. La première *punchline* claque comme la foudre : « Vous voulez une guerre mondiale nucléaire ? Je vais vous la donner ! » Les sourires se figent. Agile, il désamorce : « Ne vous inquiétez pas. Le bouton nucléaire russe est relié au ventilateur des toilettes. Je le sais, j'ai eu une Lada quand j'étais jeune. Vous appuyez sur le frein, la voiture fait marche arrière. »

Rires de soulagement ; Volody a du métier. Il propose un rire noir mais politique, tant chacune de ses saillies semble chasser le petit bourgeois qui sommeille en nous. Avec un aplomb superbe, il demande au public d'accepter le litre d'essence à 5 euros, le manteau de fourrure à la place du chauffage et la baguette de pain au prix du caviar. Churchill proposait du sang et des larmes, lui propose des gelures et un régime sans gluten.

Il explique que demain les chars russes seront à Paris. On le croit, même s'il faudra être un peu patient. Vu leur vitesse de croisière devant Kiev, on ne les verra sans doute pas au péage de Saint-Arnoult avant l'été 2080.

La surenchère, le public aime ; alors il tape du poing, il réclame, il éructe. On se dit qu'avec son style de youtubeur militaire de salon, on arrivera à le calmer en mettant beaucoup de pouces sous sa vidéo. On se trompe ! Il n'a quand même pas préparé des fiches personnalisées par pays sur la deuxième guerre mondiale pour rentrer sans une croustille à la maison !

Alors, il se met à exiger tout et n'importe quoi. Connecté à la mauvaise conscience de la foule, il sait qu'elle ne le huera pas. Il veut des armes ! Toujours plus ! C'est un Gargantua de dépôt militaire. Un Depardieu assis sur une caisse de munitions en train de mâcher une roquette. Il lui faut des avions, des missiles, des chars, un porte-avions. À ce rythme, une station spatiale semble être une formalité.

Certes, son affaire est tragique. Il a face à lui un entrepreneur russe convaincu que la côte sud ukrainienne manque cruellement de places de parking. La loi littorale locale semble sévère, alors l'entrepreneur en BTP n'y est pas allé par quatre chemins. Il tente le classique : « Je commence à construire, pour les papiers, on verra ensuite ! » Les Russes, c'est un peu comme le dentifrice, c'est facile à faire sortir, c'est plus compliqué à faire rentrer.

Le personnage, pourtant, inquiète. Il semble voir le monde en jaune et bleu. Roulerait-il pour Ikea ? Un doute nous submerge, alors on ébauche une effrayante hypothèse : plus il ralentit les Russes, plus il prolonge la guerre et plus les destructions seront grandes. Mais plus les destructions seront grandes, plus les réparations devront être importantes. Aurait-il des intérêts dans les Bricomarché ? Son bellicisme à l'égard de Leroy Merlin s'éclaire soudain d'un jour nouveau.

Mais il y a plus grave. Au Congrès américain, il s'est vu des républicains qui ont soutenu Trump applaudir son discours. Et là, on rit moins. Peut-on vraiment rire avec un homme en pull militaire réclamant des chars pour contrer la Russie et applaudi par la droite ? Non, décidément, on ne peut peut-être pas rire de tout avec tout le monde. Respectueusement.

JDD, 27 mars 2022

« ZELENSKY... C'EST ÉVIDEMMENT BIEN QU'ON EN PARLE.

Il est sympa, il est courageux, il est nécessaire, tout propre, tout beau, moulé dans son pull à col roulé, 100 % pur acrylique, tissé à la main par Bruno Le Maire.
Mais bon… De là à payer le mégawatt au prix du caviar… Il est bien gentil, mais il n'a pas non plus sauvé ma grand-mère de la noyade. »

EUROPE 1, 2 SEPTEMBRE 2022

GOUTTE FROIDE

Encore quatre semaines, puis on passera à autre chose. À moins que ce ne soit déjà le cas. Des candidats et des programmes, on sait à peu près tout. On connaît leurs *gimmicks*, leurs *punchlines*, leurs tics de langage. Ils sont arrivés en cotte de mailles, ils finissent en nudistes.

Malgré cet exhibitionnisme, personne n'imprime. Il suffit de regarder les chiffres : le premier dans les sondages a sept Français sur dix contre lui. On le sait déjà, ça ne sera pas une élection d'adhésion majeure mais une élection de rejet moindre.

Sur le bas-côté de la route vers l'Élysée gisent éventrées des surprises mortes. Que reste-t-il encore à dire pour faire bouger un chiffre dans un sondage ? Quelle polémique lancer, quel dernier raccourci prendre, quel coup médiatique sortir du chapeau pour faire tressaillir le moribond se traînant dans un tableau Ipsos ?

Le souci de rentabilité, ils l'ont tous en horreur, tous s'en défient, mais qu'est-ce qu'un sondage sinon une mesure du retour sur investissement des paroles dites, relayées, disséquées ? Ces paroles claquant comme des éclairs, tombant comme des feuilles mortes une fois remplacées par d'autres ? Dans un monde surinformé, les phrases des uns et des autres sont des plats de *fast-food* que l'on digère avant même d'avoir fini de les gober. Des calories vides qui, une fois la montée d'insuline faite, vous laissent le regard perdu et le ventre creux.

Comme d'habitude, au premier tour, les gens suivront leurs passions ; au second, leur raison. Une élection est toujours un piège pour les gens fidèles. Il ne faut pas s'étonner que les politiques trompent leurs électeurs : ces derniers les trompent dès le premier tour passé.

On attendra le débat de l'entre-deux-tours comme on attend une finale de La Ligue des champions entre deux clubs anglais. On s'excite vaguement au début, puis au bout de trois minutes, on zappe. En cinq ans, a-t-elle bossé ses dossiers ? Défendra-t-il d'un œil sûr son bilan ? Il lui parlera de nazisme à la française. Elle évoquera le *consulting* à l'américaine. Peu importe.

Ils ne débattront pas pour convaincre mais pour rassurer. L'heure est au *cocooning*. De la tension, les gens en soupent déjà bien assez. Il faut les comprendre : il y a eu les gilets jaunes, le Covid, les masques, le passe sanitaire, la guerre en Ukraine, l'inflation. À chaque fois qu'on a cru respirer, le réel venait mettre un coup de poing au plexus. Depuis janvier 2020, c'est un cauchemar poisseux fait de flux et reflux incessants. On pensait affronter des vagues, on a réveillé un système de marées.

Alors, on court à la ouate. On n'élit plus un président mais un VRP doudounes et cachemire. Au débat, pour imprimer la sérénité, elle demandera une tisane ; il répliquera avec un chocolat chaud. Ce qui avait commencé par l'outrance et le bruit se terminera en casting pour une pub Cajoline. Peu importe le fond, ce qui compte, c'est lequel des deux saura prendre la peluche dans les bras avec le plus de tendresse.

Il nous avouera sa passion pour le crochet ; sur ses genoux à elle, on verra ronronner un chat ; derrière, crépiter un feu de bois. Tant d'épreuves traversées et de sacrifices consentis pour ressembler enfin à un notable centriste sachant bourrer sa pipe avec autorité.

J'écris ces mots, dehors. Après deux mois de sécheresse, le froid et la neige sont revenus. Les arbres qui, naïfs, ont cru à un printemps précoce, se prennent en pleine figure un hiver tardif. Quelque chose semble cassé.

JDD, 3 avril 2022

« J'AI ENTENDU DIRE QUE JE SERAIS RÉAC.

Comme d'habitude, les gens disent ça sans s'intéresser trente secondes à ma sensibilité profonde. Vous savez, moi, je suis de la génération Mitterrand. C'est une génération où tout était possible. Bernard Tapie était ministre. De gauche ! C'est comme si Madoff écrivait les discours de Mélenchon. C'est à peu près... Puis, Mitterrand, à l'époque, il ne s'alliait pas aux écologistes. Il coulait leur bateau dans le Pacifique ! »

GASPARD PROUST TAPINE, 2013

« Bon, il faut quand même que je vous fasse un aveu, un peu honteux... Voilà, j'ai des lectures un peu... comment dire... gênantes... oui...

VOILÀ, JE LIS DU ASTÉRIX.

Ça ne vous a jamais choqué ? Il n'y a pas plus réactionnaire qu'Astérix ! Le je-m'en-foutisme français dans toute sa splendeur. Ce village gaulois, qui possède la potion qui rend invincible et qui, en vingt-cinq albums, n'a jamais l'idée d'aller sauver le reste de la Gaule ! Démerdez-vous qu'ils ont l'air de dire à la France qui souffre ! Et ils ne se battent contre les Romains que lorsqu'ils font fuir des sangliers ! Mais ça c'est la France. Il n'y en a que pour la bouffe dans ce pays ! En même temps, c'est une intuition juste, souvent une guerre, c'est ça, une escapade gastronomique en tank. Ce qui explique pourquoi personne n'a eu envie d'envahir l'Allemagne, et pourquoi il n'y a que les Allemands qui ont eu envie d'envahir l'Angleterre. »

GASPARD PROUST TAPINE, 2013

« De toute façon, les Allemands ne vont plus envahir personne aujourd'hui. Ils ont d'autres trucs à faire. Aujourd'hui, leur truc c'est l'exportation.

"EXPORTIEREN !"

Et nous, comme des ploucs, on va essayer de les imiter... Non mais on va exporter quoi ? Des quiches ? À un moment, y a eu cette rumeur incroyable : les Chinois auraient espionné Renault ! C'est vrai, ils n'ont que ça à foutre ! Piquer les plans de la Kangoo. La première fois que j'ai vu une Kangoo, je pensais que c'était pour mettre des bouteilles vides dedans. Cette espèce de conteneur jaunâtre. Un truc, où on est très forts, c'est pour vendre de la camelote. Alors là, les rois de la branlette publicitaire. À vous d'inventer la vie qui va avec. Ah, bah ! avec ça, t'es obligé... »

GASPARD PROUST TAPINE, 2013

« Aujourd'hui, on ne peut pas dire que la situation géopolitique soit très rassurante. Mais au fond ce qui m'inquiète le plus c'est l'ambiguïté allemande.

QUANT MÊME… UNE ALLEMAGNE QUI SE PLAINT DU MATIN AU SOIR DE NE PAS AVOIR ASSEZ DE GAZ… MAIS ON EST OÙ, LÀ ?

On ne peut pas dire que ce soit une matière première qu'ils ont toujours utilisée que pour se chauffer, ces gens-là ! Franchement, ils bidouillent quoi ?
Au lieu d'emmerder les Russes, on ferait peut-être mieux de regarder s'il n'y a pas une recrudescence de centres de loisirs en plein air à l'est de l'Allemagne !
Depuis qu'ils ont Olaf Scholz pour chancelier, on a tendance à moins se méfier.
C'est sûr qu'un type qui a le prénom du bonhomme des neiges Disney, ça évoque plus un Hollande en Birkenstock qu'un Himmler en santiags ! »

EUROPE 1, 7 SEPTEMBRE 2022

McKINSEY, MILICE WAGNER DU *COSTKILLING* ?

Mais qu'est-ce qui motive tant un homme politique à vouloir devenir locataire de l'Élysée ? La réponse est simple : un service de conciergerie hors norme. Un problème à n'importe quelle heure de la journée ? Pas de panique, à l'autre bout du fil, un conseiller McKinsey est là pour vous guider. Mais attention ! On ne parle pas d'une conciergerie lambda, non, ici, c'est le domaine de l'Uber Luxe. Attendre un conseiller au téléphone est susceptible de vous coûter trois cents balles la seconde du « Printemps » de Vivaldi.

Un peu comme chez Mozart où le silence après du Mozart, c'est encore du Mozart ; chez McKinsey, le silence avant le *bullshit*, c'est déjà du *bullshit*.

Des mauvaises langues vont nous expliquer qu'on pourrait faire en interne ce qu'on externalise. C'est évidemment débile. Ce qu'on paie dans un cabinet de conseil, ce n'est pas tant l'expertise (les types qui bossent chez McKinsey ont fait les mêmes écoles que ceux qui les recrutent – je mets bien sûr Christophe Castaner et Marlène Schiappa à part), mais comme les mesures à prendre sont rarement faciles à assumer, le cabinet sert à un transfert de responsabilité ; ce que j'appellerai pudiquement la « délocalisation de la couille ».

Vouloir faire faire le boulot de McKinsey par des fonctionnaires consisterait à leur dire : « Hé, les gars, pondez-nous un truc qui démontrera que vous êtes trop nombreux et trop chers ! » En coaching, c'est un peu comme tenter de remobiliser le PSG à la mi-temps en envoyant Domenech dans les vestiaires. Il faut comprendre : quand ta propre armée est démobilisée, tu appelles les mercenaires. C'est là qu'intervient McKinsey, notre milice Wagner du *costkilling*.

Mais au lieu de les juger, mettons-nous un instant à la place de ces gens : enchaîner classes prépa, concours, grandes écoles, tout ça pour finir en *brainstorming* sur un montant d'APL... Imagine-t-on Nadal donner des cours de tennis dans un Club Med ?

Il faut imaginer le chemin de Damas intérieur de ces têtes bien faites à qui le chef d'équipe a dû dire pour éviter les suicides : « Relax, les gars, APL c'est juste un nom de code pour désigner les taux de la Fed. En réalité, vous êtes en train de bosser pour Jerome Powell ! »

De manière plus personnelle, je me souviens encore avec émotion de la présentation de McKinsey à l'époque où je n'étais encore qu'un anonyme petit branleur à HEC Lausanne. C'était les seuls à venir en disant : « Bonjour, ne vous emballez pas, on vient juste vous faire l'honneur de vous distribuer notre plaquette, on commencera à étudier votre cas une fois que vous aurez complété votre cursus par un MBA à Harvard, un *postgrade* en physique quantique à Stanford, un premier prix de violon, une sélection pour les JO et si en plus vous avez fondé une ONG au Vietnam durant votre tour du monde en trottinette solaire, c'est un plus. Un *costkiller*, c'est bien, mais un *costkiller* qui sait sourire à un enfant cul-de-jatte ayant joué à la marelle dans un champ de mines, c'est mieux. »

À les écouter, je l'avoue, je rêvais moi aussi d'en être. D'être ce puceau endimanché qui présenterait des PowerPoint facturés au prix d'esquisses de Picasso à un parterre de PDG qui boiraient mes paroles comme si je venais de leur offrir un week-end « putes et casino » à Monaco.

Je me souviens des collègues qui ont fini dans ces boîtes. En général, c'étaient les indécis. « Tu vas faire quoi après ? Finance ou marketing ? Je ne sais pas... Ah, OK, donc du conseil ! » C'est normal. Dans la vie, ceux qui conseillent sont rarement ceux qui font. Ce sont d'abord et avant tout des entrepreneurs du risque des autres. Il suffit de comparer le chiffre d'affaires de la boîte d'Alain Minc avec celui de LVMH. Respectueusement.

JDD, 10 avril 2022

VALÉRIE PÉCRESSE, GRANDEUR ET DÉCADENCE D'UNE STARTUPEUSE

Comme on aimerait connaître le mari de Sandrine Rousseau, on adorerait connaître le banquier de Valérie Pécresse. Il faut l'imaginer, cet intrépide entrepreneur en capital-risque électoral, ce dénicheur de Mark Zuckerberg politiques, en train de boire les paroles de Valérie lorsque la startupeuse versaillaise est venue lui annoncer : « Je suis la future Beyoncé du suffrage universel ! » Le projet de Valérie avait tout pour plaire. Urbain, féministe, écolo, citoyen. Manquait plus que végan, zumba *friendly* et pro-accrobranche, et elle finissait en couv du catalogue *Nature et Découvertes*.

On voulait de la modernité, on allait en avoir. Après tout, Versailles, ce n'est pas loin de Saclay, la Silicon Valley française. Comme pour tout entrepreneur de génie, ça commence par une idée simple à laquelle les autres n'ont pas pensé. Après cinq ans d'analyses pointues, Valérie constate que son électorat représente une zone tampon entre les électeurs de Macron et de Le Pen. Une sorte de Donbass électoral composé de gens trop à droite pour voter Macron mais trop à gauche pour voter Le Pen.

On parle d'un pactole de 8 % des voix ! Cette cabine téléphonique, il la lui faut ! Enthousiaste, elle en parle *fissa* à son banquier : « L'idée, c'est de faire une sorte de "en même temps" de droite républicaine non macroniste mais pas non plus nationale ou, pour le dire de manière poétique, l'art de tenter un grand écart dans un lavabo »... Et notre championne en GRS de bidet de poursuivre : « Pour faire simple, je vais proposer un Thermomix qui ne cuit pas, ne mixe pas et qu'on appellera "casserole" ! » Impressionné, le banquier se dit : « Ça a l'air tellement con que c'est sans doute une idée de génie ! »

On connaît les banquiers : ils se méfient toujours des projets prévisibles aux risques raisonnables, mais s'enthousiasment sans peine pour des projets délirants aux risques insensés. Dans les premiers, ils flairent l'ennui de causer épicerie à la petite semaine, dans les seconds, ils s'offrent le frisson d'une ruée vers l'or en Weston. Mais ne soyons pas injuste, il y avait aussi du rassurant dans le dossier de Valérie : grandes écoles, domiciliation à Versailles, sans oublier la VHS collector d'une vente de Tupperware animée avec brio par Valérie lors d'un thé dominical au Chesnay. Avec tout ça, peu de chances que ça finisse par une liquidation judiciaire, matelas devant la Banque de France et accordéon dans le métro.

Pour rassurer davantage, Valérie fit même un happening à la Steve Jobs nommé « primaire », destiné à mettre son génial projet sur orbite. Avec des *business angels* comme Christian Jacob, Gérard Larcher et autres Elon Musk en sabots crottés qui ont révolutionné les secteurs du conditionnement de l'aligot ou de la baratte à beurre, que craindre ? Cette « équipe de France » ne serait évidemment pas au complet sans le petit Mozart de l'assurance, Xavier Bertrand ; le pionnier du contrat bris de glace contre la collision de sanglier indexé sur le prix des *chicken nuggets*.

Avec des poids lourds pareils, on n'allait pas tarder à entendre la cloche du Nasdaq sonner à travers les campagnes. L'introduction en Bourse de la start-up Pécresse fit des étincelles. Au premier jour de cotation, la fusée Pécresse monta à 21 %. On connaît la suite. Pendant que Valérie fait la manche, notre banquier croule sous les propositions. Aux dernières nouvelles, il hésiterait encore entre un poste au service de la dette à Bercy ou chargé de relations avec les petits porteurs chez EDF. Parfois, la carrière des uns s'arrête là où commence celle des autres. Respectueusement.

JDD, 17 avril 2022

« Mais pourquoi y a-t-il moins d'argent
dans le football féminin
que dans le masculin ?
Heu... La réponse est assez simple :

PARCE QUE TOUT LE MONDE S'EN BRANLE EN FAIT, DU FOOT FÉMININ. »

NOUVEAU SPECTACLE, 2017.

CONSTRUCTEUR DE BARRAGES OU PERCEUR DE PLAFONDS ?

On prend souvent les Français pour un peuple d'intellectuels réfractaires aux travaux manuels. Comme on se trompe ! Ils ont de l'or dans les mains et s'il existait une journée de la valorisation du travail manuel – une sorte de 14 juillet de la bricole –, ce serait à coup sûr le jour du deuxième tour de l'élection présidentielle.

En ce jour, deux grands secteurs passionneront la main calleuse du Gaulois : d'un côté, les « aquatiques » artisans du barrage républicain ; de l'autre, les « aériens » perceurs de plafonds de verre. Statistiquement, les barragistes sont plus nombreux. C'est normal, la peur du vide peut refroidir pas mal de vocations.

Le barragiste aime contenir, encercler, enfermer. Bien qu'exhibant de façon quasi pornographique son ouverture, sa tolérance – et parfois même son sexe pour prouver qu'il est une femme à une convention EELV –, il n'en garde pas moins un réflexe d'écluse pétrie de brûlantes références historiques. S'il existait des turbines électriques fonctionnant au champ lexical du fascisme, cet homme serait un Qatar sur pattes et on aurait pu se passer de gaz russe depuis longtemps.

Quand il érige de la digue morale, il adore se motiver à coups de « Ras l'front ! F. Haine ! » et autres trouvailles sémantiques évoquant à la fois Jacques Séguéla et la merguez de cortège social. Trouvailles dont le raffinement rivalise avec les plus audacieux jeux de mots en « tif » de n'importe quelle devanture de salon de coiffure de province.

Mais qu'on ne s'y trompe pas, construire un barrage peut être très grisant. Quel enfant de la société de consommation n'a jamais rêvé de s'offrir l'illusion de refaire Verdun avec un polochon ? Heureux le Jean Moulin moderne qui par cet acte vient laver la culpabilité de n'avoir pas été là en 40 pour piéger le hall du Lutetia à la peau de banane en espérant que l'*Obersturmführer* chargé du secteur Saint-Germain-Odéon vienne s'y fouler une cheville !

Choisir le camp des perceurs de plafonds de verre, c'est plus tendu. Il faut avoir les nerfs solides et le cœur bien accroché pour rejoindre cette pyramide humaine dont on devine au sommet une figure blonde en train de se cogner la tête contre un Velux. Sous ses pieds, en position de gainage, Bardella, Odoul et les autres contractent les abdos tout en se rêvant glisseurs de prunes dans des concours de burqas mouillées. Ça fait un peu trembler les genoux de Marine, mais elle sait compter sur le calme des vieilles croupes. Cet effort lui permettra-t-il enfin de passer la tête à travers la toiture et d'émerger telle une otarie de la fontaine du jardin de l'Élysée ?

C'est son vieux rêve. Il y a cinq ans, devant la vitre, elle se contorsionnait, vitupérait, faisait des sortes de danses improbables ; elle faisait songer à une Salomé de Prisunic réclamant la tête d'un Jean-Baptiste de salon Hoche. Cinq ans plus tard, on sent clairement qu'elle a pris des cours de respiration par le ventre. Elle s'essaie même à l'émotion en dessinant sur la vitre un cœur traversé par un chèque.

Le barragiste la regarde de loin. Il a confiance, parce qu'il est pétri de certitudes. Il est convaincu que le problème de la ligne Maginot, c'est qu'elle ne fut pas assez épaisse. C'est normal, il pense aussi que le problème du communisme, c'est qu'il fut appliqué de manière trop souple. On pourrait imaginer ces jeunes apprentis en BTP idéologique joyeux de se sentir si utiles. Au contraire, ils ont l'air grave. Ils vont devoir construire un barrage avec des gens que d'ordinaire ils méprisent. Le type qui ici me tend la brique, on la lui renverra *fissa* dans la gueule aux prochaines législatives. Ce second tour aura au moins ce mérite : prouver que la fraternité ne se décrète pas. Une fraternité imposée est une fraternité factice et au premier accroc, elle transformera le dernier frère obligé en premier ennemi choisi. Respectueusement.

JDD, 24 avril 2022

D'EXTRÊME GAUCHE ?

Ouf ! Contrairement à toutes les craintes et spéculations, le preux chevalier Emmanuel de Toutezelles-et-Zeux terrassa le blond dragon aux sept têtes, le Belzébuth à couteau entre les dents et chaton dans les mains, bref, le chiffre 666 sous ménopause de Saint-Cloud (cette dernière métaphore pourrait ressembler à une saillie misogyne, mais comme il s'agit d'une femme encartée au RN, on préférera parler de « chatouille citoyenne »).

Ayant toujours lu l'Apocalypse de saint Jean avec beaucoup de circonspection, enfin les choses s'éclairent. Mais c'est bien sûr : la femme et le dragon précipités du ciel, c'était Le Pen et Zemmour chassés par le suffrage universel du paradis républicain ; l'agneau et les cent quarante-quatre mille sauvés, une libération d'abattoir organisée par L214, et la septième trompette, une prise de parole de Castaner dans les médias.

Mais la révélation majeure – contrairement à tous les lieux communs en vogue chez les anatomistes du corps électoral –, c'est que la France était un pays fondamentalement d'extrême gauche ! Pour un intermittent comme moi, quel soulagement ! Qui eût cru qu'un jour Corbière allait engloutir Fabius et Obono ratatiner Badinter ! Que les légendaires bottines de Roland Dumas allaient être piétinées par des savates

Marque Repère, et les pochettes assorties de Bernard Cazeneuve changées pour de chatoyants keffiehs !

Même le chevalier de Toutezelles-et-Zeux a senti le vent tourner en rêvant à voix haute d'un Premier ministre attaché à la question sociale, environnementale et productive. Que tous ceux qui ont été directeurs de kolkhoze, présidents de l'association de défense des moustiques ou spécialistes en culture de topinambours sur terrasses urbaines lèvent le doigt !

Enfin, pour un amoureux des mots, quelle joie de participer à cette parousie léniniste ; car s'il y a bien une chose qu'aime la gauche, ce sont les mots. Des esprits chagrins noteront que l'une des preuves les plus flagrantes de cet amour de la sémantique était que dans un pays où l'extrême gauche réussit à se faire appeler la gauche, il était tout à fait logique que la droite se fasse appeler extrême droite. Les pleureuses droitières miauleront que c'est injuste et méchant, révélant par là leur infinie bêtise. La preuve qu'une personne de droite ne comprend strictement rien à la gauche, c'est l'affichage quasi pornographique de son besoin de se faire aimer par cette dernière. Oui, hélas, il existe encore dans ce pays de doux rêveurs persuadés qu'ils pourront un jour vendre au peuple l'extravagante idée qu'il était possible d'être bon et de droite et que cette absolution pouvait être délivrée par un curé lacanien en col Mao. Se revendiquer d'extrême gauche pose évidemment moins de problèmes qu'être d'extrême droite. Heureusement ! Car si on peut toujours trouver plus méchant que soi, peut-on vraiment accuser quelqu'un d'être trop bon ? Être d'extrême gauche n'est-ce pas d'abord être encore plus à gauche que de gauche donc être encore plus bon que bon ?

Il y a plus d'un siècle, Nietzsche avertissait : « Il n'y a peut-être pas de préjugé mieux enraciné que celui-ci : s'imaginer que l'on sait en quoi consiste exactement ce qui est moral. » Voici le rare « acquis intellectuel » des trente dernières années : faire croire aux gens qu'ils pensent alors qu'ils se contentent de faire la morale. Ça serait même une possible définition du wokisme : donner à des crétins l'illusion de philosopher. Respectueusement.

JDD, 1er mai 2022

« DANS LE FOND, NOUS SOMMES TOUS DE DROITE

Vous connaissez des gens de gauche qui, à la chute du mur de Berlin, se sont enfuis à l'Est ? J'attends les arguments. Curieux, j'entends rien. J'imagine la famille gaucho à Paris, le mur qui tombe : "Chérie, fais tes valises, on va à Pyongyang". Je dis tout ça, évidemment. Il y a eu des gens de gauche très bien : DSK, Cahuzac... Les seuls qui pour une fois savaient gérer du fric. Mais je ne peux plus taper sur la gauche parce que, il n'y a pas si longtemps, dans ce pays, il y a eu un président très charismatique et dangereux. Et moi, je ne touche pas au pitbull de Corrèze. Attention ! Rien qu'à voir sa formation : HEC, Sciences Po, ENA, le vrai punk ! Il a eu sa phase : "Je suis quelqu'un de normal." Lui, normal ? Un mec qui a fait quatre gosses à Ségolène ? Le premier, je veux bien. Une soirée à Solférino, il était bourré, il a glissé. Mais les autres... Non, je me méfie, il pourrait revenir. »

GASPARD PROUST TAPINE, 2013

«AU MOIS D'AVRIL, C'EST CAMPAGNE ÉLECTORALE À TOUS LES ÉTAGES...

Tu verrais les prétendants au F120 du 55, rue du Faubourg-Saint-Honoré... Qu'est-ce qu'ils ne feraient pas pour continuer à exister sur le trottoir à tapin médiatique... Quand je les vois défiler sur les chaînes info, j'ai l'impression de voir des caméras de surveillance filmer au crépuscule les boulevards des Maréchaux. »

LE POINT, 27 MARS 2012

« JE PRÉFÈRE LE LECTORAT DE GAUCHE, JE VOUS LE DIS FRANCHEMENT.

Le lectorat de droite, c'est quoi ? Des types du secteur tertiaire, de l'économie. Ils sont habitués à l'efficacité, au rire immédiat. Si ce n'est pas drôle toutes les cinq secondes : "Viens, on se fait chier, on va chez Régine." Alors que les gens de gauche, c'est autre chose. S'il y a un grand mou qui s'installe, ils vont être là. "Oh ! C'est intéressant. On dirait le Festival d'Avignon !" »

GASPARD PROUST TAPINE, 2013

« Il y a ce totem dans l'humour : on ne se moque pas des personnes handicapées ! Mais, pourquoi ? Eh bien, je vais vous le dire : par superstition ! C'est tout. Et là, j'imagine des gens me dire : "Tu t'es déjà mis une seconde à la place d'une personne handicapée, connard ?"

ÉVIDEMMENT. JE ME SUIS DÉJÀ MIS À LA PLACE D'UN HANDICAPÉ, SOUVENT À SA PLACE DE PARKING !

Et bien plus qu'une seconde. Et je l'ai très bien vécu ! Du coup, je me suis dit que je vais aller plus loin. Je suis allé dans les toilettes pour handicapés. Dehors, on dirait des toilettes classiques. Le logo est un peu rabougri mais une fois qu'on a ouvert la porte, quelle opulence ! À Paris, on en aurait fait quatre studios.
Ça ne veut pas dire qu'il n'existe pas des handicaps très graves dont ce pays ne parle jamais, dont les gens se foutent radicalement et sur lesquels il faudrait sensibiliser. Par exemple, des maladies mentales orphelines. Par exemple, être végétarien boulimique. Vous voyez ? Un type qui se réveille à 3 heures du matin pour bouffer neuf kilos de carottes... L'avantage, c'est que, quand il se fait vomir, il a déjà le potage pour après. Végétarien, quand même ! Être au sommet de la chaîne alimentaire, avoir le statut de super prédateur et bouffer du tofu. Le tofu, vous savez, on dirait du flan au foutre. Je vois qu'il y a des enfants aussi, égarés. S'il y a des enfants égarés, j'explique le mot "foutre". C'est du "je t'aime" en gelée ! »

GASPARD PROUST TAPINE, 2013

FAT IS BEAUTIFULL

Cette semaine, je t'assure, cher lecteur, que j'ai tenté de lutter de toute mon âme contre l'intenable bouffon intérieur qui m'a poussé à écrire la très incorrecte chronique qui suit. D'avance j'en ai honte, je m'en repens et à l'instant même où j'écris ces lignes, je les renie. Je sais bien mes supplications vaines, puissent-elles atteindre ta bienveillance la plus profonde – car je te sais bienveillant. Je sais, c'est difficile car la bienveillance, c'est tenter d'éprouver de la sympathie pour quelqu'un qui nous est naturellement antipathique. Ce n'est pas très naturel, mais si l'on n'est bienveillant qu'avec ceux qui naturellement nous sont agréables, alors on n'est bienveillant avec personne.

Parmi les nouvelles anxiogènes de la semaine, difficile de passer à côté de ce séisme : « Vu la grippe aviaire, y aura-t-il assez de foie gras et de confit cet été ? » Inquiet, je me précipite dans le premier Carrefour pour faire du *fact checking*. Je précise bien que ce fut un Carrefour et non un Leclerc car je voulais voir de mes yeux le capitalisme consumériste, le vrai, et non pas visiter un Leclerc, cette ONG (organisation naturellement gauchiste) où l'on m'aurait sans doute jeté des truffes à trois euros le kilo à la figure pour me prouver que le moins cher, c'est Leclerc. Soulagé, j'y trouve confit et foie gras, mais un rayon vide attire mon attention. Il s'agit d'étagères destinées à l'huile de tournesol avec la mention : « Pas plus de trois bouteilles d'huile de tournesol par ménage. » Devant le rayon, des acheteurs à la mine désespérée se pressent tout en se plaignant de l'infernale hausse des prix. J'y remarque une dame accompagnée d'un petit garçon en surpoids manifeste.

Immédiatement, je me revois, moi, petit gros d'autrefois, et là, comme tous les anciens gros remplis de haine pour les loukoums qu'ils ont été, monte en moi l'ignoble pensée suivante : « A-t-on vraiment le droit de se plaindre de la hausse des prix quand on est en surpoids ? »

Je sais, cher lecteur, j'ai honte et avec toi, je hurle à l'infamie. Comment ai-je pu lâcher la bride à cette saloperie consistant à confondre avec autant de désinvolture obésité, surpoids, pauvreté, pouvoir d'achat et enfance ?

Que l'on soit bien d'accord, pas de jugement ici sur le surpoids – génétique ou pas –, qui est une chose très belle. Qu'on se le dise, le gros, c'est beau; et je reste intimement persuadé que ce qui a manqué à Zemmour pour être présent au second tour, ce n'est pas quinze points mais quinze kilos. En général, quand on a un profil sec et nerveux, on a tout intérêt à porter des idées molles et douces pour équilibrer, sinon ça fait ton sur ton. Vois, lecteur, comme derrière mes idées tendancieuses et stigmatisantes, je rampe pour retrouver de la rédemption en allant faire pipi sur le crâne de la bête immonde !

J'aimerais tellement que tu sois là, cher lecteur, pour constater par toi-même que je regarde avec un plaisir toujours renouvelé cette délicieuse publicité pour tampons hygiéniques où une patineuse métisse et en surpoids – le capitalisme *woke*, c'est comme le PSG, c'est magique – nous offre arabesques et ondulations sans jamais faire courir des éclairs sur la glace. Je salue et bénis les mamelles qui ont nourri le génie publicitaire qui, sur un format si bref, a su associer cholestérol, hygiène intime, Rosa Parks et triple lutz piqué. Je suppose que c'est pour donner envie ; reste à savoir de quoi.

Si j'étais vraiment cynique, je conseillerais à Ursula von der Leyen le slogan : « L'inflation, mon partenaire minceur ! » Mais je ne le ferai pas car cela serait nourrir encore mon connard intérieur. Respectueusement.

JDD, 8 mai 2022

«PARLONS HOMOSEXUALITÉ.

Je dis ça, j'imagine bien qu'il y a des homosexuels dans la salle. Je suis lucide, on est à Paris, ça serait pas complètement déconnant. Et je respecte. Ceci dit, avec la loi du mariage pour tous, être homosexuel, c'est devenu un handicap. Aujourd'hui, t'es en couple avec un mec, il peut te demander en mariage. Il peut te demander un enfant. Il peut te faire chier comme une meuf! »

NOUVEAU SPECTACLE, 2017.

« J'AI APPRIS QUE LE GOUVERNEMENT COMPTAIT PLACER DES MIGRANTS DANS LES COMMUNES RURALES QUI SE VIDENT. MAIS, QUELLE BONNE IDÉE !

Après l'amour est dans les prés, le migrant est dans les champs ! Encore une idée de génie ! On va accueillir des gens en leur disant : "Tu sais quoi ? Pour ne pas te faire perdre ton envie d'aller voir ailleurs, on va te foutre dans un endroit où personne n'a envie d'habiter !" Qu'est-ce qu'on ne ferait pas pour qu'à un moment, le gars se dise : "En fait, c'était quand même super sympa Kaboul by night !" »

EUROPE 1, 21 SEPTEMBRE 2022

« CECI DIT, ON SE PRIVE D'UN TRUC.

Vous imaginez les séquences de "L'Amour est dans le pré" d'ici vingt ans ? : "Nous rencontrons maintenant Ahmed, réfugié afghan, qui élève des chèvres et de l'opium thérapeutique dans le Larzac. Ce grand romantique au cœur tendre rêve de fonder une famille nombreuse. Pour lui, ça serait déjà la quatrième ! Ce cœur original nous a immédiatement touchés par sa spontanéité lorsque, lors du premier week-end passé avec ses trois prétendantes, il nous a avoué : J'li garde li trois femmes". »

EUROPE 1, 21 SEPTEMBRE 2022

CHER ÉRIC PIOLLE

Merci d'exister et d'être là pour des gens comme moi. En tant qu'immigré installé en France – donc français à tes yeux –, ce n'est que vers toi que je peux me tourner pour exprimer quelques doléances. Du reste, un pauvre humoriste en recherche d'idées tordues ne peut que t'avoir pour maître ! Certes, l'émulation qui existe à ce niveau à EELV y est sans doute pour quelque chose – je dirais même qu'on tient là une pépinière –, et je comprends que se démarquer de Sandrine Rousseau – la Marie Curie de l'idée débile – relève de l'exploit quotidien.

Je ne m'en remets toujours pas de ton intuition géniale de vouloir faire cohabiter le téton qui bronze au soleil et le téton qui pointe sous un voile. Un jour, les historiens diront de toi : « L'inventeur du concours de burkini mouillé, c'était Piolle ! »

J'attends avec impatience l'élargissement de ce concept à d'autres lieux. À quand des antilopes et des lions partageant la même cage dans un zoo ? À quand la culture de fraises adossée à un élevage de limaces ? À quand une cérémonie des Césars présentée par Éric Zemmour ? Dans un avenir toujours plus inclusif, Grenoble pourra-t-il vraiment se passer d'une amicale des Loubavitch négationnistes ou d'un hammam salafiste LGBT *friendly* ?

J'ai beau tenter de me connecter à Gaïa les jours racines, le grand compost qui nous regarde ne me fait que rarement la grâce d'idées de ton calibre. Toutefois, me masturbant pour la troisième fois de la journée sur le plan de périphérique vert d'Anne Hidalgo, m'est venue une modeste idée que j'aimerais te voir mettre sur la place publique avec ton talent, ta verve et ton vélo.

On le sait, il n'y a aucun mérite à marier entre elles deux personnes de même sexe. Je souhaiterais donc que tu t'engages pour un véritable mariage pour tous, c'est-à-dire un mariage à plusieurs ; le MTF, le mariage *tutti frutti*.

Souviens-toi, l'argument du mariage entre personnes de même sexe a été validé au nom de l'amour. Mais en quoi, cher Éric, l'amour entre deux adultes vaudrait-il plus que l'amour entre trois, quatre ou soixante-dix adultes majeurs et consentants ? Cette discrimination silencieuse dont souffrent au moins 0,00006 % des Français témoigne une nouvelle fois de la banalisation des idées d'extrême droite dans le débat public.

Il y aurait bien sûr des garde-fous. Ainsi, pour protéger les femmes, on ne tolérerait la présence que d'un seul homme par contrat de mariage à plusieurs.

Les fachos te caricatureront en apologiste de la polygamie. Leur mauvaise foi est sans limites car ils oublient un peu vite que la polygamie consacre le mariage entre un homme et des femmes. Le mariage *tutti frutti*, lui, consacrerait le mariage entre une personne à gland et plusieurs personnes à vulve. Cela n'aurait donc strictement rien à voir.

Je suis persuadé que ce nouveau droit permettrait de créer un nouvel espace de convivialité festive et solidaire dans le respect des préférences *kinky* des tou·te·s. On peut même imaginer la création de syndicats représentants les différentes formes de sexualité présentes au sein du MTF avec un système de bonifications en fonction du nombre de discriminations répertoriées par une commission indépendante pilotée par le GIEC, le WWF ou la belle-sœur de Jean-Luc Mélenchon. Ainsi, un poly-bi-pansexuel aurait droit à deux points dans le vote quand un poly-trans-non-binaire-strap-on-friendly-triphasé-18-ampères se verrait attribuer un bonus de douze points.

Voici Éric, ma modeste contribution pour une France plus inclusive, plus solidaire, plus citoyenne ; bref, plus belle. J'espère que tu en feras bon usage, mais si par malheur tu voyais dans cette missive une pointe d'ironie, au moins en tireras-tu le douloureux constat que l'immigration n'était pas toujours une chance pour la France. Respectueusement.

JDD, 22 mai 2022

« LE VRAI VIVRE ENSEMBLE

ne serait-ce pas d'abord
une coloc réussie entre Éric Zemmour,
Danièle Obono, Edwy Plenel
et Nadine Morano ? »

NOUVEAU SPECTACLE, 2017.

ABAD BOY IS BORNE

Oh, que je te vois venir, cher lecteur, après la seule vision du titre de ce papier !

Mais que veux-tu, c'est quand même très compliqué de ne pas parler de cette incroyable conjonction du sordide que nous offre l'actualité cette semaine. Une histoire mêlant avec autant de brio trahison politique, promotion gouvernementale, drague balourde, frétillements incontrôlés du zgeg et handicap. Là mon ami, on vient d'aligner dans un même mouvement une tempête de neige à Ouagadougou, un tsunami sur l'île de la Jatte, une victoire française à Roland-Garros et le balbutiement d'une idée utile formulée par Gérard Larcher. Autant te dire que cela ne reviendra pas avant dix siècles.

L'affaire Abad nous apprend d'abord une chose : la France s'est dotée en catimini d'une cour suprême - une sorte de CEDH médiatique — nommée l'« Observatoire des violences sexuelles et sexistes en politique ». Le système judiciaire classique a beau n'avoir rien à reprocher à cette heure à notre victime du réchauffement climatique du slip, cela aura toujours moins d'importance que les cancans émis par une cabine téléphonique peuplée par trois énervées bolcho-féministes affiliées à LFI - mais quel hasard ! - et dont le *Closer* d'extrême gauche nommé *Mediapart* tient lieu de journal officiel - mais quelle surprise ! En gros, on parle du club d'ULM de Bondy qui viendrait expliquer à la Nasa comment mettre un satellite sur orbite. Bref, de l'État de droit démocratique citoyen et solidaire, comme on aime.

Mais revenons-en à Damien. Et là, cher lecteur, sache que j'ai déjà honte pour toi car, tu le sais, notre rôle à nous autres, pauvres amuseurs, est d'aller dire ce que tu as vu mais que tu n'oses exprimer. Nous sommes ceux qui acceptent les seaux d'ordures au nom du soulagement de ta conscience et je peux te dire qu'elle n'est pas belle à voir dans cette histoire.

Car parlons-nous franchement – et je ne te juge pas –, je sais très bien que lorsque tu as vu Damien monter le perron de l'Élysée en chaloupant de la hanche comme un danseur de salsa après un saut à l'élastique à la corde un poil trop longue, malgré tous les interdits moraux qui se sont levés en toi, toi aussi, ne mens pas, tu t'es dit : « S'il a vraiment violé, comment a-t-il fait ? » Oui, toi aussi, cher lecteur, tu sais que s'il devait y avoir un jour une reconstitution judiciaire, les flics, les juges et les greffiers présents auraient sans doute beaucoup de mal à retenir un fou rire en regardant Damien sautiller derrière sa proie le moignon au vent et le calbute au mollet. Ne mens pas, je sais que tu l'as imaginé.

Comme si cela ne suffisait pas, on parle aussi de photos intimes envoyées par notre Casanova Cotorep, et là, cher lecteur, si c'est vrai, on vient de trouver notre nouveau Spielberg ! Si Damien a réussi un tel exploit, ce ne sont pas des menottes mais une

Palme d'or ou un oscar des effets spéciaux qu'il faut lui coller *fissa* entre les mains.

Comment un type qui écrit avec un stylo dans la bouche pourrait-il bien arriver à dégrafer un soutif ? Moi, avec d'autres facilités, j'arrive encore à me blesser en fermant ma braguette, c'est dire.

Pour tout t'avouer, j'ai essayé de vérifier par moi-même, en prenant une photo intime de mon anatomie avec l'iPhone coincé entre les dents et les mains attachées dans le dos. Malgré le caractère très nongenré du résultat, à ce stade, toujours pas de réponse type smiley cœur de la part d'Alice Coffin.

Mais soyons justes et imaginons un instant que ces accusations soient vraies. On aura peut-être au moins commencé à démolir un cliché tenace : handicapé ou valide, homme ou femme, Noir ou Blanc ou Jaune, hétéro ou homo, aucune catégorie n'échappe au lot de dégoûtants en son sein. Respectueusement.

JDD, 29 mai 2022

« DANS CE MONDE MODERNE OÙ ON VEUT TOUT, TOUT DE SUITE, QU'EST-CE QU'UN PÉDOPHILE ?

Sinon, un homme qui ne sait pas attendre. Que ce soit clair, je ne suis pas là pour faire l'apologie de la pédophilie. La pédophilie, ce n'est pas bien. Non vraiment, ce n'est pas bien. En même temps, si les enfants étaient un peu moins corruptibles par le sucre… »

GASPARD PROUST TAPINE, 2013

ADRIEN QUATENNENS, LA MACHINE À BAFFES

En termes d'agression on est quand même très injuste avec la Nupes.

Prenons le cas Quatennens. Eh bien moi, je n'y crois pas une seconde !

Attendez, un mec de gauche gifler une femme ???? !

Un CRS ou un flic, oui, bien sûr. Mais une femme ? Jamais. À mon avis, ils ont dû faire des jeux de rôle sexuels qui ont dérapé parce que l'intimité d'un couple, bon c'est compliqué, on ne sait jamais ! Il suffit que sa nana se soit pointée en porte-jarretelles et qu'elle lui ait balancé : « Je vais te faire courir, rouquin ! » Et là, le gars, bon, on pouvait plus le tenir.

Europe 1, 21 septembre 2022

UNE ENQUÊTE PAS TRÈS FENG SHUI

Vous avez entendu parler de ces journalistes hyper-téméraires qui sont allés fouiller les arrière-cuisines du bouddhisme tibétain ? Le moins que l'on puisse dire c'est que ce qu'ils ont découvert n'était pas très feng shui...

Après la méditation de pleine conscience, la fellation de pleine inconscience ! Tu m'étonnes !

Quand on les a mis face à leurs défauts ils se sont mis à bafouiller des : « Mais non, non, l'important, c'est la bienveillance plutôt que la dénonciation... » Ben voyons...

De toutes les manières, si je suis franc, jc dois avouer que je n'en pouvais plus de tous ces moines bouddhistes et apparentés... Ces propagandistes de la fleur de lotus qui arrivaient toujours sur les plateaux télé avec leur air ronflant, à débiter des platitudes : « Non, mais ce qui est important dans la vie c'est de s'asseoir, de ne penser à rien et de respirer... » En gros, attendre un TER en retard. À un moment, faut arrêter !

Et comme si ça ne suffisait pas, à côté, t'avais tous ces invités en PLS qui écoutaient religieusement ce *bullshit* new age en ronronnant des : « Ah, ouais, c'est tellement incroyable comme façon de voir le monde... Oh oui, nous aussi, portons un regard plein de compassion... »

De toute façon, moi, je dis que c'était prévisible tous ces dérapages.

Un gars qui te sourit de manière niaise en rideau de douche et en tongs, ça sent quand même un peu le savon qui glisse sous la douche !

Europe 1, 14 septembre 2022

JULIEN AU FOND DU BAYOU

Ce matin, grande nouvelle pour tous les mecs qui sortent avec une nana qui vote Europe Écologie-Les Verts : « Vous êtes plombés, les gars ! Mais qu'est-ce que vous allez en chier le jour où vous aurez envie de les larguer ! » Bon, faut comprendre, chez EELV, ils sont pour le mariage pour tous, mais pour le divorce pour personne. Là, on tient une nouvelle forme de business pour les marabouts. Ça ne va plus être : « Docteur Traoré fait revenir l'être aimé » mais : « Docteur Traoré dégage le boulet sans le faire chialer ! »

J'aimerais tellement être là le jour où Julien Bayou va larguer sa nouvelle copine, après avoir suivi des cours de rééducation donnés par la commission Féminisme d'Europe Écologie... Ça va être du propre, dialogue lunaire en vue :

> *Julien Bayou :* « Bonzour, Madame ma copine ! Respectueusement, voilà, z'ai une annonce importante à te faire. Z'est pas facile, mais tout d'abord, regarde, j'ai pris des billets pour les Zeychelles, ça te fait plaisir ? »
>
> *Sa dulcinée :* « Oh ! Mais Julien, qu'est-ce qui t'arrive ? Mais pourquoi ces pétales de roses qui me guident jusqu'au bidet ? »

Julien : Za te plaît ? Oh, z'ai pas fini, ce soir on va dîner à la Tour d'Arzent ! Oh ! Et puis regarde ma zérie, une bague en or constellée de rubis représentant des toilettes sèches ! »

Sa dulcinée : « Oh mon Julien... Tes actes précèdent tous mes désirs... »

Julien : « Za te plaît ? Oh oui, je suis tellement content et respectueux des non-violences ! »

Sa dulcinée : « Mais pourquoi tu te mets à genoux ? »

Julien : « Mais za me fait plaisir d'être à zenoux ! Regarde, je vais même plus loin, regarde, je me roule par terre, je suis une serpillière, je ramasse la poussière. »

Sa dulcinée : « Oh, tu es le seul homme qui sache me faire rire, Julien ! »

Julien : « Oh, ze suis ravi ! Puisque tu le prends bien, voilà aussi ma carte de crédit, la clé de mon appartement, les bizoux de ma grand-mère et mon slip. Et voilà, ze te quitte ! »

Europe 1, 28 septembre 2022

BIEN PLUS QUE LA CALIFORNIE, LE FAR-WESH !

Les Parisiens qui me liront me comprendront : ils savent à quel point c'est pénible de voir quelqu'un de la famille émettre le souhait de venir passer quelques jours dans la capitale. Dans ses yeux brille une déambulation légère ponctuée de rencontres avec l'histoire et de shopping ; dans les miens, la fatigue d'aller admirer l'atelier créatif qu'est devenu le Paris d'Hidalgo, notre baronne Haussmann de la fulgurance végétale et du compas en mousse.

Hélas, cette pression se fait de plus en plus forte. Car depuis que le Président a décrété que la Californie était à dix minutes en RER des Tuileries, la force d'attraction de l'Île-de-France devient tout simplement irrésistible. Déjà que le combo Trocadéro-La Chapelle-Stalingrad faisait bien rêver...

Bien entendu, cette Californie se mérite. Parler la langue locale y est un plus. Il s'agit d'un mélange harmonieux de français, d'anglais et de wesh-wesh qu'on pourrait assimiler à une sorte de yiddish pour camps d'entraînement d'Al-Qaïda. Ainsi, pour dire « un, deux, trois » on dira bien « *one, two, three* » mais le chiffre quatre sera remplacé par l'exclamation « Viva l'Algérie ! ». C'est une subtilité, il en existe d'autres comme l'apostrophe « Donne ton 06, la gazelle sale pute » dont l'apparente rustrerie doit avant tout être considérée comme l'expression saine d'une âme poétique cherchant un débouché dans le rap à texte. Les Californiens les plus francophiles n'hésiteront pas à ponctuer leurs saluts à la maréchaussée par des « La France, j'la nique ». Déroutant de prime abord, mais le touriste aurait tort de prendre cela pour des insultes : existe-t-il un amour plus fort que celui qui exprime de manière si authentique son désir de faire un enfant à Marianne ?

Visionnaire, le président de la République a tenté de modérer l'engouement touristique planétaire à venir en précisant que la Seine-Saint-Denis, c'était certes la Californie, mais sans la mer (sans le Pacifique aurait été géographiquement plus juste mais politiquement moins habile). On a envie de lui dire : « Qu'importe la mer, tant qu'on a les requins ! » Et la finale de la Ligue des champions l'a prouvé de manière magistrale. Quelle biodiversité ! On connaissait les poissons-volants, on découvre les requins grimpants ! Et quel régime alimentaire étonnant ! iPhone, Rolex, sacs de luxe : après les carnivores et les omnivores, voici les luxovores ! Darwin n'en a pas fini de faire la toupie dans sa tombe ! Ce n'est plus la Californie, c'est les nouvelles Galápagos !

Parcourant ces lignes, cher lecteur, tu te poses évidemment la question : mais comment s'y rendre au plus vite ? Rien de plus simple. Les transports y sont très bien organisés et, afin de favoriser la convivialité entre visiteurs, les services se mettent régulièrement en grève lors des grandes affluences. Oui, ce qui compte ici, c'est d'abord l'humain. Certes, face à la déferlante touristique, il existe encore des points à améliorer. C'est un détail, mais à l'image des plongées en cage en Afrique du Sud, il ne semble pas très heureux d'enfermer les touristes avec les requins lors des immersions dans le RER. Chacun sa cage, c'est peut-être plus sûr. Car il faut être honnête, les services de sécurité sur place se cherchent encore. À l'image de la population cultivant un esprit baba cool – c'est-à-dire Hanouna *friendly* –, la police est composée majoritairement d'anciens coiffeurs qui ont tendance à oublier qu'ils n'ont plus de laque à cheveux dans leurs bombes lacrymo.

Mais qu'importe, la Californie française possède ce je-ne-sais-quoi qui fait qu'on lui pardonne tout. Qui fait que nous nous souvenons tous d'avoir un jour dansé un slow sur *Hotel Formule 1* ? Respectueusement.

JDD, 4 juin 2022

« BON, DANIÈLE OBONO, C'EST DÉLICAT DE LA CRITIQUER.

Parce que, bon, quand même, on tient une intellectuelle de haut vol ! J'ai regardé son CV, elle a été bibliothécaire. Une sorte de Lilian Thuram qui aurait digéré tout Enid Blyton ! Pourtant, son "Mangez vos morts" sur Twitter ce n'est pas ce qu'elle a dit de plus classe ! Sur ce coup-là, Obono, c'est un peu la Taubira Marque Repère. »

EUROPE 1, 5 OCTOBRE 2022

« MOI, RACISTE ?

PAS DU TOUT.

Je suis juste un misanthrope universaliste. Du coup, je ne vais quand même pas commencer à faire des exceptions juste parce qu'une personne en face serait noire. Et l'égalité républicaine, bordel ! »

GASPARD PROUST TAPINE, 2013

« Les gens d'autrefois étaient beaucoup plus brillants que ceux d'aujourd'hui. Ce n'est absolument pas réac de dire ça. Et je le prouve.

SOUS JULES CÉSAR, LES ESCLAVES PARLAIENT LATIN !

Trouvez-moi une femme de ménage qui parle grec ! Enfin, ça va peut-être encore arriver… Et tout ça, par la faute de qui ? L'Éducation nationale. Et son suppôt diabolique, le prof. Cet hurluberlu qui semble découvrir son salaire le jour où il fait grève ! Toujours là à se plaindre : "On n'est pas soutenus par la hiérarchie… Le proviseur n'est pas là… La machine à café est en panne… Les parents sont absents… Y a de la violence. Et gnagnagna…" Quelle arrogance ! Prof, c'est le seul métier au monde pour lequel il existe un stage professionnel obligatoire : la "scolarité". Si en neuf ans d'école, on ne s'aperçoit pas que c'est un métier débile… Faut vraiment être con pour être dans la classe voir le prof galérer et se dire : "Plus tard, je veux faire ça !" Au fond, prof, c'est un élève en situation d'échec scolaire. Faire cinq ans de fac pour rentrer en CM2. Je suppose qu'il y a des profs vont lire ça en se disant : "Ce type-là, il est aigri. Il a été mauvais à l'école, alors il se venge, il tape !" Pas du tout. J'étais très bon à l'école. Sauf en sport, mais bon, prof de sport, est-ce encore un prof ? Je parlerai plus d'un compagnon d'Emmaüs festif. On ne va quand même pas commencer à respecter un type qui travaille en jogging… »

GASPARD PROUST TAPINE, 2013

L'ALGÉRIE LA BOULE AU VENTRE

J'espère que tu me comprendras, cher lecteur, mais on peut difficilement lutter contre son enfance. Si la vidéo où l'on voit fanfaronner deux supporteurs à faux billets au Stade de France t'a causé quelques vapeurs – sur lesquelles, en opportuniste sans honte du mauvais sentiment, j'ai surfé –, je dois confesser qu'elle a causé chez moi des buées particulières.

Je t'explique : écouter parler cet homme m'a replongé instamment dans ce pays où j'ai posé les pieds en 1982 et que j'ai quitté définitivement en 1994. Ce pays, c'est l'Algérie. Parce que, vois-tu, ce gars, c'était le même que tous ceux qu'on croisait à la sortie du lycée ; ceux qui vous demandaient de leur ramener la VHS d'un Bruce Lee ou d'un Belmondo quand on repartait vers l'Europe ; ceux qui parlaient ce mélange inimitable de français et d'arabe, capables de fulgurances qui, désolé pour les Tunisiens et les Marocains, font de l'humour algérien un art en soi.

Ce gars qui bafouillait maladroitement des excuses, c'était le souvenir réveillé de cette jeunesse algérienne faite de teneurs de mur sans perspective d'avenir, consciente de vivre dans un pays riche mais confisqué. Ils nous demandaient parfois si on connaissait des gens à l'ambassade française. On leur répondait qu'on était yougoslaves. Ils répondaient en riant qu'ils rêvaient d'une Audi, pas d'une Lada. Je n'oublie pas leur mépris absolu pour les blédards venus passer leurs vacances à Alger. S'il y avait évidemment un fond de jalousie à leur égard, ils les jugeaient arrogants et mal élevés.

Puis sont remontées à la surface d'autres images. Plus dures. Le souvenir d'un pays au processus démocratique brutalement interrompu en 1988 et qui entre lentement en guerre civile. Peu à peu, le Sahara algérien – plus beau désert du monde – devint dangereux. Dans les années 1980, nous y allions encore insouciants dans une Peugeot 504 aléatoire, suivant cette longue ligne droite qui descend de l'Atlas vers Ghardaïa, sentinelle du désert posée dans une cuvette cernée de minarets où, dès l'aurore, le chant du muezzin vous rappelle que ce monde-là n'a rien perdu de son rapport au sacré. Le souvenir d'un pays qui vous donne à lire Camus en frère parce que, vous aussi, vous avez un jour eu la chance de promener votre adolescence sur les ruines de Tipaza. Parce que vous savez de quel soleil il parle. Parce que vous comprenez plus que d'autres la phrase de Meursault sur Paris : « C'est sale. Il y a des pigeons et des cours noires. Les gens ont la peau blanche. » L'Algérie, un pays dont la beauté vous fait comprendre instantanément la douleur de ceux qui y ont vécu plus d'un siècle et qui du jour au lendemain se sont retrouvés dans une HLM de banlieue parisienne.

Puis sont arrivés les premiers attentats. Sur des journalistes, des écrivains, des artistes. Les faux barrages aux faux policiers mais aux vrais morts. Les tueries aux tueurs incertains, les policiers enlevés, les voisins égorgés : une ambiance sournoise et pesante qui vous colle en permanence la peur au ventre. Enfin, le départ brutal. L'atterrissage non moins brutal en France et la découverte consternée d'un pays à l'histoire intimement liée à l'Algérie, mais la connaissant si mal.

Que faire quand on se retrouve pris en tenailles entre les racistes ne voyant dans l'Arabe qu'un voleur de scooter et les péremptoires droits-de-l'hommistes connaissant tout des droits, mais si peu les hommes ? Ces derniers, tristes baudruches pontifiantes et ignares, oublièrent avec une vélocité rare que ceux qui ont fui l'Algérie dans ces années-là ne venaient pas en France pour y écouter des pères-la-morale, mais juste boire un café en terrasse sans boule au ventre. Respectueusement.

JDD, 11 juin 2022

« MAIS BON, ÇA NE REVIENDRA PAS, LA GUERRE… HÉLAS…

Pourtant, à un moment, il y a eu un espoir. Souvenez-vous. Le choc des civilisations, tout ça, tout ça… Mais bon, on n'allait quand même pas se battre contre des kamikazes islamistes, c'est pas des gens sérieux. "*Allah akbar* !" Arrête, tu vas te faire mal. Pauvres gens qui n'ont pas compris qu'il y avait d'autres façons de faire péter une bombe qu'en étant attaché dessus. Si tu la déposes, tu peux faire des allers-retours. Tu peux élargir ton champ d'action de façon considérable. Vous imaginez faire Verdun contre ces gens-là ? Ça aurait duré un après-midi. On n'aurait pas eu les poilus mais les imberbes. Et le niveau du soldat inconnu, ce serait encore pire ! […]

[...] ON VA DÉTENDRE L'ATMOSPHÈRE, PARLONS DU PROCHE-ORIENT

Sept guerres israélo-arabes à un contre trois en moyenne toutes perdues par les Arabes. Je ne te demande pas d'où tu viens. Je ne veux pas jeter un froid, mais... ça relativise vachement les exploits de Charles Martel. Il y a ceux qui savent qui il était, et les autres qui se demandent pourquoi je parle de Cognac. Je mets un bémol, je suis allé un peu vite. Il est évident que tous les Arabes ne sont pas musulmans, que tous les musulmans ne sont pas extrémistes, que tous les extrémistes ne sont pas terroristes, les choses sont plus complexes, moins manichéennes, un peu de subtilité, que diable ! Mais... nous sommes au XXIe siècle, société de l'information, tout va très vite, une info chasse l'autre, on n'a plus le temps de la nuance. C'est tout. S'il y a des Arabes ou des musulmans qui me lisent, calmez-vous. Je ne m'attaquerai jamais à Dieu, parce que je sais qu'il existe, et ça, je ne touche pas. D'ailleurs, c'est un problème que Dieu existe, parce que s'il est là, par quel moyen accéder à lui ?

Judaïsme, christianisme, islam ? Je ne parle pas du bouddhisme et de l'hindouisme, parce que c'est pas des religions. Sophrologie, Club Med, gym…
"Oh ! un papillon, peut-être l'âme de ton grand-père avec la réincarnation des cycles du karma…" Ouais, ouais, va bouffer tes graines.
Il s'agit d'examiner les religions en partant de la moins crédible à la plus crédible. Prenons l'islam. Juste pour le plaisir du préjugé.
C'est quoi le problème véritable de l'islam ? C'est trop high-tech. C'est trop *arty* contemporain, il faut être Jeff Koons pour piger. L'idée de déguiser des femmes en abat-jour… Même Galliano n'y a pas pensé. Je n'aime pas trop l'art contemporain, mais l'art contemporain islamique, c'est fabuleux. Le 11 Septembre, on aime ou on n'aime pas, mais on reste devant la télé, on est là… Impressionnant, ce déconstructivisme halal…

LE PROBLÈME DE L'ISLAM ? C'EST TROP HIGH-TECH.

[...] À l'inverse, le judaïsme, c'est... l'extrême opposé, c'est au ras des pâquerettes. L'Ancien Testament, c'est du Code pénal métaphysique ? Fais pas ci, fais pas ça.
Le judaïsme, c'est comme Windows XP ; le christianisme, c'est Vista, et Jésus, la mise à jour. Un juif, c'est un type qui a oublié de télécharger. Est-ce à cause du forfait ? Voyez votre réaction ? C'est ça, être juif, ça veut dire souffrir d'un certain nombre de préjugés, dont tous pas toujours vérifiés.
Préjugé le plus sordide : le juif serait malin. Se battre pour la seule terre peuplée d'Arabes où il n'y a pas de pétrole... Moïse était plus doué pour faire prophète que géologue. "On cherche la terre où coulent le miel et le lait."

MAIS BIEN SÛR… CASIMIR T'ATTEND SUR UN TRÔNE, TU VERRAS. »

GASPARD PROUST TAPINE, 2013

« HEUREUSEMENT
QUE TWITTER
N'EXISTAIT
PAS EN 1940,
PARCE QUE
SINON,
IL Y AURAIT UNE
LISTE D'ATTENTE
POUR ENTRER
À AUSCHWITZ... »

NOUVEAU SPECTACLE, 2017.

« Je ne vais pas vous mentir, il y a une religion révélée, qui est supérieure à toutes les autres, c'est le christianisme. Point.

Et je le prouve. En tout cas, c'est la plus subtile des religions quand on est un tant soit peu hédoniste. Dans le christianisme, pour aller au paradis, il faut racheter ses péchés ; donc il faut en commettre. Un des principes de base du christianisme, c'est :

ON NE VA PAS À CONFESSE LE SLIP PROPRE

On a quelque chose à raconter au monsieur qui s'est déplacé, on se drogue, on trompe sa femme, on bat ses enfants. On raconte, il rachète et on recommence. DSK aurait fait un catho... Quel gâchis !

Quant aux bouddhistes, vous savez, les skinheads en rideau de douche. "On va t'amener au nirvana." "Qu'est-ce que le nirvana ?" "C'est un état psychologique, physiologique où l'être humain ne désire plus rien."

ON A DÉJÀ ÇA EN OCCIDENT, ÇA S'APPELLE UNE DÉPRESSION.»

GASPARD PROUST TAPINE, 2013

IQUIOUSSEN LE VENT, RÉCOLTE LA MOBYLETTE

Les temps sont durs pour Darmanin en ce moment… Se faire tous les kébabs de la frontière belge déguisé en frite géante à la recherche de l'imam, Iquiou, heu comment on dit, Iquiou-distant ? Le mollah Omar version carte famille nombreuse. Comme on dit à Kaboul : « Iquioussen le vent, récolte la mobylette ! »

Cela dit, on l'accable un peu, Iquiou… Il serait misogyne…

C'est sûr que quand tu fais neuf gamins à ta femme, c'est que tu as quand même un peu envie de la faire chier. Après, bon, il est peut-être islamiste mais, au moins, lui ne s'est pas enfui en jet privé. Par déontologie, je suis allé voir ses vidéos YouTube et tu sens clairement que le gars, au niveau des valeurs, il est plutôt vintage. Mais c'est normal quand t'as neuf gosses !

S'il y en a trois qui commencent à vouloir changer de sexe et deux qui s'abonnent au *Monde*, tu imagines le bordel à la maison ? Alors, c'est sûr qu'il dit des trucs comme : « Il faut que la femme reste à la maison pour faire le ménage »… C'est peut-être un peu choquant, mais, putain, qu'est-ce que c'est pratique !

Europe 1, 7 septembre 2022

CITOYEN BERNARD ARNAULT, EN CLASSE ÉCO !

Que cela soit bien clair, cher Bernard, je ne viens pas à ton secours dans un but intéressé. J'avoue que je n'ai jamais acheté un sac à main de ta marque, que je trouve qu'il y a trop de cabernet franc dans le Cheval Blanc et que Basquiat, bon, franchement, aussi aigu soit son sens du trait, de la couleur et de la mise en scène, je n'ai jamais été fasciné par les décorateurs de rampes de skatepark héroïnomanes.

Malgré tout, je n'y peux rien, mon dégoût viscéral de tout ce qui ressemble à une injonction morale de la modernité m'a fait bondir quand j'ai vu passer cette page Instagram traquant, avec la joie du délateur numérique oint par l'air du temps, les déjections carbone de ton jet privé. Comment ne pas être immédiatement en sympathie avec un homme dont la tonne de carbone dégazée doit faire sur Greta l'effet d'une douche de tourista de baleine si ces dernières pouvaient voler !

Je serais toi, oh que je me ferais plaisir d'en remettre chaque jour une couche sur ces témoins de Jéhovah de la calotte en moins et du Celsius en trop ! À les écouter, si tu prenais plus souvent le vélo, le courant du Gulf Stream en serait inversé et la mer de Glace comblée ! Tôt ou tard, il se trouvera un expert pour nous expliquer que la taille des grêlons est directement proportionnelle au dividende de l'action LVMH.

À ta place, Bernard, j'augmenterais les rotations quotidiennes du jet juste pour le plaisir de dire *fuck* à ces écolos urbains qui donnent des leçons sur le climat du matin au soir tout en n'ayant aucun scrupule à se payer un billet d'avion pour aller faire un chien tête en bas sur une plage de Bali, histoire de connecter leur chakra de la prostate à celui d'un pistil d'hibiscus.

Ah ! Si j'avais tes moyens, je pense que j'irais planter une Bentley par jour dans un potager urbain, juste pour le plaisir de faire connaître aux coccinelles des villes le pare-brise des champs. J'imagine, hilare, la tronche consternée de la fine équipe d'Anne Hidalgo devant les restes fumants de la voiture que j'aurais évidemment siglée d'un Z, comme « zoie de vivre ».

Ils ne peuvent pas comprendre, Bernard, ton besoin d'aller vite d'un point du globe à un autre parce qu'ils ne comprennent pas qu'un homme puisse se soucier en perfectionniste de ce qu'il a créé. Il faut se mettre à leur place : dans une ZAD, entre le lit, le poulailler et les chiottes à sec, il y a rarement plus de trois mètres. Mais je te rassure, même si tu décidais demain de faire tous tes déplacements en pédalo à hydrogène en tractant un radeau chargé d'hôtels à insectes pour la biodiversité de mes deux, ils t'en voudraient encore.

Car ce qu'ils veulent, c'est te ramener à la promiscuité que tu as depuis si longtemps quittée. Ils rêvent de te voir transpirer dans un TGV en rade sous canicule, la clim coupée, trois bébés hurlant à tour de rôle dans un compartiment bondé face à un pelliculeux prof de gestion de sensibilité communiste (chose parfaitement anodine en France ; ton pays n'a décidément pas fini de me faire rire) et une flasque bohémienne des villes exhibant aux chanceux qui n'ont rien demandé des pieds semblables à de la pâte à gaufre qu'on aurait fait couler dans une claquette.

Ils veulent te faire un Louis XVI moderne, te faire descendre de ton jet et te forcer à rejoindre leur délire collectiviste planqué sous un amour de l'endive sans pesticides et du vélo cul nu ! Autrefois, ils pansaient leur ressentiment en coiffant les aristos de bonnets en forme de verge ; aujourd'hui, ils rêvent d'enlever des mocassins à glands au bourgeois.

Malgré tous tes efforts, tu ne seras à leurs yeux qu'un arrogant koulak de la maroquinerie mondialisée, et la maroquinerie, souviens-toi, Bernard, que certains supputent encore, que le mobile de l'affaire Grégory se résumait peut-être à l'humiliante exhibition d'un canapé cuir d'un contremaître face à un ouvrier ? Respectueusement.

JDD, 18 juin 2022

« Ceci dit, il y a un autre truc qu'on sait exporter,
et dont on est très fiers, c'est le luxe.
Le luxe, ça, on sait faire.
Le sac à main, horizon indépassable
du rayonnement économique français...

LA TRISTESSE EST ÉTERNELLE MAIS LA POUFFE SAUVERA LA FRANCE »

GASPARD PROUST TAPINE, 2013

« Bon, si on vient quand même, *in fine*, nous les artistes, nous les intermittents, nous les gars de la roulotte, nous les djihadistes du beau, c'est pour donner. Je suis comme ça. Je suis dans le don de soi.

DANS LA RUE, QUAND JE CROISE UN ÉBOUEUR, JE JETTE TOUJOURS UN PETIT PAPIER. POUR DONNER UN SENS À SA VIE.

Jamais un merci ! Ça lui arracherait la gueule ? Bon, ça, c'est les ouvriers. Ils n'ont de classe que l'intitulé de leur groupe social.
Ne comptez pas sur moi pour faire cette apologie très contemporaine de l'ouvrier. Cette espèce d'ours polaire en voie de disparition.
Ah ! Le pauvre ouvrier !

Comme il est pauvre, il est nécessairement bon, généreux. Des raisonnements sublimes. Il n'est pas du tout généreux, l'ouvrier. Pas du tout. Quand on ferme une usine en France, qu'on délocalise, certes, lui, il perd son travail. Mais grâce à ça, à l'autre bout de la planète, des gens plus pauvres en obtiennent un. Un merci, peut-être ? Un geste parfois vous me direz, l'ouvrier chinois, indien, il est moins bien payé.

EXCUSEZ-LE D'ÊTRE MOINS CUPIDE.

Ça induit une question philosophique très importante.
Dans la mesure où le vote ouvrier se partage entre Mélenchon et Le Pen, est-ce qu'on ne peut pas aussi se réjouir de la désindustrialisation du pays ? »

GASPARD PROUST TAPINE, 2013

« Je me promenais dans la rue et, tout à coup, le réel qui vient frapper à ma porte. Ce type, avec cette pancarte :

"J'AI FAIM"

"J'ai faim" ! À 10 heures du matin !
Oui, aujourd'hui, les pauvres brunchent !
À midi, il est toujours là : "J'ai faim."
À 13 heures : "J'ai faim."
À 14 heures : "J'ai faim."
À 15 heures, à 16 heures.

Moi, je me dis : "Mais ce gars-là, il pense qu'à bouffer !" Au lieu d'être là comme un con, va voir un médecin, t'as peut-être un ver solitaire ! En plus un pauvre bling-bling ! Bien installé. Chauffage au sol par les bouches du métro. Je me suis dit, c'est un comédien, c'est un *fake*. Et puis, je réfléchis un peu et je me dis non en fait, je crois que c'est un vrai pauvre. Parce qu'il avait une bouteille de vin et qu'elle était pas carafée ! Alors on se dit : "Qu'est-ce qu'on peut faire pour cet homme-là ? Comment le sortir de l'indigence ? Que faire ?" »

GASPARD PROUST TAPINE, 2013

« BHL...

Le plus grand philosophe en activité. Beaucoup plus fort que Sartre. Il n'a pas écrit *L'Être et le Néant*, il l'a fait... Et cette confiance en lui, si rare en France... Le gars a quand même déclaré : "Grâce à moi, on a sauvé la Libye." T'as envie de lui dire : "Qu'est-ce que ça doit être quand tu rates un truc..." »

NOUVEAU SPECTACLE, 2017.

« Réponse banale contemporaine : il faut qu'il y ait de la croissance !

SANS CROISSANCE, PAS DE RICHESSES !

Sauf qu'on s'y prend très mal. Les vieux le savent. La seule chose qui relance vraiment la croissance, c'est la guerre. La bonne schlague. Les Trente Glorieuses, ce n'est pas parce que de Gaulle a baissé la TVA sur la restauration. »

GASPARD PROUST TAPINE, 2013

NEYMAR EN VÉLIB'

Cher lecteur, cette semaine, le vrai sujet c'est : que choisir ? Il y a des moments comme ça où l'actualité déverse les événements à si haute dose qu'on ne sait plus très bien quel fil tirer.

Certains d'entre vous attendent ma pénétrante analyse sur le résultat des législatives, mais pour le coup, il m'est difficile de parler d'un événement aussi injuste pour le commun des Français.

Eh oui, cher lecteur, dans ce pays, seuls cinq cent soixante-dix-sept privilégiés recevront une indemnisation de sept mille balles par mois pour supporter les mégaphones sur pattes de la Nupes ou du RN. Si je ne mentionne pas ici l'art oratoire d'En marche, c'est parce que je sais que je ne serai pas crédible ; il suffit d'écouter parler trois secondes Élisabeth Borne pour comprendre que si c'est elle qui avait été l'avocate des victimes de Landru, son poêle en bois chaufferait encore à la biomasse.

Autre déflagration, la déclaration de Nasser, notre Guy Roux en slip croco et brushing Superglue-3, qui a osé la phrase : « Maintenant, au PSG, le bling-bling, c'est fini ! » Quand j'ai lu ça, j'ai immédiatement pensé à la chanson *Nathalie* de Bécaud : « Le parking du Camp des Loges était vide, le bling-bling, c'était fini, c'est ce que m'a dit mon guide, Al-Khelaïfi... »

On l'imagine déjà, ce parking où nos instagrameurs bijoux-tatouages devenus moines trappistes du ballon rond vont se tirer la bourre avec des Duster aux jantes en carton, Zoe en polystyrène et voiturettes sans permis fonctionnant avec une paire de piles AAA. Qu'est-ce qu'on a hâte de voir courir Mbappé en maillot Kalenji floqué « Chaudières Dupont » et parler à la presse avec une casquette « Volailles Michaud » ! On image déjà les photos volées de Neymar bourré, zigzaguant en Vélib' à 3 heures du matin sur la rue de Rivoli avec un Château Carton dans la corbeille ! Sur les entrées au stade, terminé Phil Collins ; en ce moment, on hésite entre Trois Cafés gourmands et René la Taupe. La devise du club, pareil. Jusque-là, c'était : « Rêvons plus grand. » On devrait passer au plus sobre : « En huitièmes de finale, *inchallah.* »

Évidemment, sans un bon entraîneur, tout cela sera difficile à mettre en place. Fini les coachs en Berluti-Smalto venus de Tottenham, de l'Inter ou du Real. Non, en ce moment, ce sont les entraîneurs de National 3 qui sont en ébullition. Jamais on n'avait autant transpiré dans des chaussures similicuir à bout carré. Lors du dernier match entre Alençon et Pontarlier, les gens ont rapidement délaissé les arabesques des artistes cherchant le ballon égaré dans le poulailler du voisin pour des discussions beaucoup plus fines. Sur toutes les lèvres : « Et toi, il t'a appelé, Nasser ? » Certains, persuadés de leur bonne étoile, sont allés jusqu'à précommander un nouveau portail ou, carrément, signer des devis de pose de parquet flottant.

Pourtant, est-ce vraiment la bonne piste ? S'il fallait vraiment être disruptif, plutôt qu'un gueulard de province, pourquoi pas nommer entraîneur Jean-Luc Mélenchon ou Éric Zemmour ? Deux salles, deux ambiances, mais pour le coup, un vrai pavé dans le vestiaire. Si on est riche à partir de trois mille cinq cents euros par mois pour Jean-Luc, on laisse imaginer le plaisir sadique qu'il aura à faire transpirer Messi. On se délecte à l'avance de ses clashs avec l'arbitre : « La VAR, c'est moi ! L'arbitre tue ! » Dans un autre style, on peut imaginer Zemmour glisser à Hakimi : « Toi, si tu continues à traîner la patte, je vais te grand-remplacer par Kimpembe ! » Clash, cours sur la traite négrière pour tous, les joueurs vont très vite oublier le sens de la fête. Alors, Nasser, cap ou pas cap ? Respectueusement.

JDD, 25 juin 2022

« PARLONS SALAIRES, PARLONS MBAPPÉ.

Vous vous souvenez ? Six cent trente millions d'euros sur trois ans. C'est sûr que c'est un beau chiffre, en même temps ce n'est pas si bien négocié que ça non plus ! T'es l'agent de Kylian, t'essaies quand même d'arrondir le truc à un milliard ! Ce n'est quand même pas à cause de trois cent soixante-dix millions en plus que l'émir du Qatar va finir au Formule 1 de la Porte de la Chapelle ! Et puis, franchement, il va faire quoi de tout ce fric ? Il va être dépassé. Le mode de vie des footballeurs, on le connaît. Une fois qu'il se sera acheté trois pianos à queue, deux Stradivarius, quelques livres anciens et éventuellement un Scrabble version luxe, je ne dis pas qu'il ne sera pas tenté par une dépense somptuaire, mais bon une fois qu'il se sera fait construire une barre d'immeuble, pour se souvenir de ses origines, il fera quoi ? En tout cas, je ne sais pas si Pogba nous écoute ce matin mais, manifestement, son marabout confond "casser le genou de Mbappé" avec "casser la tirelire du Qatar". C'est le genre de marabout à qui tu demandes : "Fais revenir l'être aimé…" et le lendemain tu as ton contrôleur du fisc qui est devant ta porte. »

EUROPE 1, 26 OCTOBRE 2022

WELCOME TO PARIS

Cher lecteur de province, peut-être as-tu prévu de visiter la capitale cet été. Je peux comprendre. Depuis que les médias vantent en boucle les exploits d'Anne Hidalgo, difficile de résister à l'appel de Lutèce. On dira ce qu'on veut, mais rarement un maire de Paris en place aura su réinventer avec autant de talent l'escapade parisienne. Si le touriste visitait autrefois la capitale pour ses monuments, on lui propose désormais de se muer en inspecteur des travaux finis. Ainsi, la capitale ne se visite plus ; elle se vérifie.

Chaque coin de rue invite le visiteur à s'interroger sur le mobilier urbain : « Ce chantier est-il là pour combler un nid-de-poule ou pour compter le nombre de fois où le feu passe au vert ? » Pour faciliter ta venue, cher lecteur, voici quelques modestes conseils.

Parlons d'abord des choses qui fâchent. Sans doute t'es-tu inquiété de l'insécurité qui régnerait en ville. Détends-toi. Paris est une ville de gauche ; le vol y est donc pratiquement inexistant. Cela peut bien sûr arriver, mais on préférera parler de « maladroite redistribution autogérée des richesses ». Ainsi, si par le plus grand des hasards, un pickpocket venait à te vider les poches, il ne s'agira pas d'un voleur, mais d'un lanceur d'alerte sensibilisé à l'évasion fiscale.

Certains essaieront de t'effrayer en te parlant du problème du crack. Infox, là encore ! Si certains petits malins proposent bien des visites guidées ayant pour intitulé « Sur les traces d'une caméra de CNews », peu de chances de croiser un hirsute aux yeux défenestrés dans la rue. D'autant que la mairie a pris le problème à bras-le-corps en confinant tous les adeptes de la défonce dans une salle de shoot nommée « Assemblée nationale ». Certains présentant des symptômes de sevrage sévère, une petite tribune leur a même été spécialement aménagée pour qu'ils puissent y libérer publiquement leur colère ; laquelle, comme chacun sait, est d'abord l'expression d'une souffrance sociale, climatique ou scolaire.

Contrairement à ce qu'on raconte, la circulation à Paris est très aisée pour peu qu'on ait l'heureuse idée d'y aller à vélo. Bien entendu, si tu viens de Nice avec ta petite famille, il faudra prévoir un mois avant d'apercevoir la verrière du Grand Palais mais, comme dirait l'autre, Paris vaut bien un mal de fesse ! Et puis, une fois sur place, tu seras ravi car c'est bon pour la santé autant que pour l'ego. Crois-moi, peu d'endroits au monde offrent au visiteur la possibilité de doubler une voiture avec un vélo pliable.

La faune aux mobilités écoresponsables constitue d'ailleurs une attraction forte de la ville, voire son nouvel ADN. Première remarque : plus le Parisien est élégant, plus il est susceptible de se déplacer sur une trottinette électrique. Si tu es observateur, tu noteras aussi que plus le cycliste est en surpoids, plus il y a de chances de trouver sous ses jambes un moteur électrique. J'ai roulé tous les jours à vélo à Paris, j'ai fait mon sondage : le vélo musculaire est quasiment en voie de disparition. Ici, on pratique une écologie douce qui sait revenir au lithium quand le triglycéride s'emballe et le mollet flanche. C'est évidemment mieux pour la planète car, contrairement au pétrole ou au charbon, la fée électricité se trouve en quantité quasi illimitée dans l'air, la terre, le feu et même l'eau pour peu qu'on y jette un sèche-cheveux allumé. En espérant t'avoir rassuré, belle visite ! Respectueusement.

JDD, 2 juillet 2022

«AH, LA PROVENCE… AVEC SES PROVENÇAUX ET LEUR ACCENT, CE PÉNIBLE ACCENT…

On dirait des Québécois atteints de mongolisme. "On a la garrigue, le soleil, le romarin, et le chant des cigales." Ils sont tellement fiers. Vous avez déjà entendu ? On dirait un troupeau de lépreux qui se grattent la peau à l'Opinel. Pas étonnant culturellement, il n'y a pas grand-chose là-bas. Leur seul poète, Marcel Pagnol. Le Marc Lévy des garrigues classées zones non inondables. L'histoire de *Jean de Florette* c'est quand même : "Il y a une source, mais elle est bouchée." Putain d'intrigue ! Et dénouement du drame ? Ben, à la fin, on la débouche… Si je devais écrire un bouquin à chaque dégât des eaux dans mon immeuble… »

GASPARD PROUST TAPINE, 2013

LE RÉEL N'EXISTE PAS, IL N'EN EXISTE QUE DES PERCEPTIONS

Cette phrase, qui est la version haut de gamme du « Dans tout mal, il y a un bien », peut s'appliquer pratiquement tout le temps et à toutes les situations. Ainsi, si certains se lamentent du cirque causé à l'Assemblée nationale lors du discours de Babette Borne – notre « Initials B.B. » version majorette de l'X –, on pourrait tout aussi bien se réjouir de ce même spectacle. De fait, lors des prochaines sorties scolaires, en une seule visite, les élèves auront accès à la fois à la Chambre des députés, à la foire du Trône et au zoo de Vincennes. Fini les itinéraires compliqués et les enfants perdus ! Et encore, les plus chanceux auront peut-être même droit à un cours gratuit de bonnes manières pour peu que se trouve présent dans l'hémicycle Alexis Corbière, notre Nadine de Rothschild version fête de la merguez. Bref, une salle, trois ambiances, un seul kilométrage. Simple, efficace et bon pour la planète.

Mais si j'ai décidé d'amorcer cette chronique par ce titre un peu ronflant, cher lecteur, c'est que, plus prosaïquement, j'essaie de trouver un moyen de remonter le moral à un ami qui vient de se faire larguer. Oui, moi aussi, j'ai un cœur et je n'oublie pas que l'été est une saison aussi propice à l'abandon des animaux domestiques qu'à celui des conjoints de compagnie.

Sachant que la République a fait émerger un Parti animaliste (prière de ne pas rire : ce seul fait politique suffit à expliquer la place de la France dans les classements Pisa), on ne tardera pas à voir les éconduits s'attacher à un arbre sur une aire d'autoroute pour sensibiliser les vacanciers de l'A6 au drame causé par ce lave-vaisselle que l'homme abandonné devra désormais apprendre à nourrir tout seul. Les refuges pour amours finies sur le modèle de la SPA existent déjà : cela s'appelle des « sites de rencontres ». Ils sont à l'amour ce que *La Centrale* est à la voiture d'occasion. Il faut avoir l'âme bricoleuse pour s'y perdre.

En général, les gens se séparent avant les vacances avec raison. C'est le moment où l'on ne peut plus se fuir et où, au contraire, tout conspire à l'obligation d'« enfin passer du temps ensemble ». Les vacances sont donc un moment de violence inouïe pour le couple. Plus de fuite possible, plus de « Demain, faut que je me lève tôt » ou autre « Ce soir, je peux pas, j'ai un dîner pro ». Les sorties de secours qu'on avait à disposition durant l'année fondent comme neige au soleil et, à moins d'avoir un décès familial tous les quatre jours pour saturer juillet et août en excuses recevables, on sent que ça va être très compliqué. Si on ajoute à cela que les vacances sont un moment privilégié de l'exposition des corps au soleil, difficile de ne pas brûler un cierge en pensant au premier strip-tease estival, face à la piscine, de ces couples habitués à faire l'amour dans le noir. Si les défibrillateurs sont obligatoires près des bassins, c'est qu'il y a une bonne raison pour ça.

Mais pour en revenir au fond de l'affaire, à savoir le chagrin d'amour de mon ami, en psychologue habile, dans un esprit de compassion et d'écoute, je lui ai murmuré ceci : « Ressaisis-toi, pauvre merde ! Si vraiment t'étais un homme, tu te dirais : "Elle ne m'aime plus, elle s'en va ; c'est parfait, je vais quand même pas perdre mon temps avec une nana qui est incapable de voir la pépite que je suis ! Bon débarras. Tiens, pour la peine, je vais écrire un texto à son amant : Vraiment mon pauvre, je te plains. Bon courage". »

Rien d'autre, au fond, que la réponse faite par Bukowski dans *Women* à l'une de ses conquêtes lorsqu'il décide de la quitter au milieu de la nuit : « Je ne veux pas rester là où je ne me sens pas désiré. Je ne veux pas rester là où je me sens mal aimé. » Une définition limpide du quant-à-soi. Respectueusement.

JDD, 9 juillet 2022

VOUS AVEZ DIT : ÉCOANXIÉTÉ ?

Monter à Paris en voiture permet de pratiquer ce plaisir coupable bien connu des routiers asociaux solitaires : écouter France Inter en secret. Bon, en vérité, on n'a pas trop le choix. C'est à peu près la seule radio qu'on peut écouter sans coupures, merci le réseau d'émetteurs. La matinale du 15 août fut une apothéose dans le genre «*junkfood* de l'info citoyenne juste et engagée». La voix melliflue du présentateur vous berce, on est happé par cette douceur satisfaite de s'écouter parler tout en éduquant. On se croirait dans une maternelle pour adultes.

Il ne manque plus qu'un jeu qui ferait gagner à l'auditeur son poids en compote et on est bon ! Dès 7 heures débute la parade de Mickey de toutes les marottes obligées de l'honnête citoyen habité par le sens du collectif. Premier thème : l'allocation de rentrée scolaire. On soliloque déjà sur l'inaliénable droit au cahier de textes à Minions. On enchaîne avec les incendies pour arriver au thème roi des partisans du « Make our Planet Greta again » : le réchauffement climatique ! Le journaliste plante un décor d'apocalypse en détachant pédagogiquement les syllabes. Les mots claquent comme des sandales fuyant Les Flots bleus devant les flammes.

Durant cette matinale, on va s'interroger sur l'« écoanxiété », une notion qui pourrait bien « devenir centrale ». On convoque un psy pour creuser le sujet. « Cet été va-t-il créer plus d'écoanxieux ? » C'est une évidence. Les incendies sont des accoucheurs de kamikazes verts qui crient leur angoisse en se jetant sous les roues des coureurs du Tour de France ; happening à peu près aussi percutant qu'un sit-in de diabétiques devant un distributeur de Snickers. On a les Tian'anmen qu'on mérite.

Avec l'écoanxiété, la dépression devient un acte engagé. Je pète les couilles à la terre entière à cause d'un béluga au GPS interne détraqué, mais c'est pour la bonne cause ! Le journaliste ose une hypothèse : « Et si les jeunes avaient peur de l'avenir ? » Encore une fulgurance digne du déchiffrage de la pierre de Rosette. Dans les années 1970, les punks chantaient « No Future », mais je suppose qu'ils ne comprenaient pas l'anglais.

Le psy sort sa boîte à outils : « Il va falloir détecter les troubles, mieux les prendre en charge, créer des unités spécialisées. » L'affaire est grave. Les âmes écoanxieuses sont traversées par des rodéos urbains où l'on fait des roues arrière sur la banquise en écrasant des ours polaires affamés !

Pour appuyer les faits, on convoque le témoin du jour : une jeune femme de dix-huit ans, habitant Nantes et militante de Youth for Climate. Elle suit Greta Thunberg depuis ses quinze ans. Heureusement qu'elle n'a pas suivi une chèvre sur le mont Sinaï, elle aurait été capable d'en descendre avec deux plaques de marbre notifiant les dix gestes écoresponsables gravés à la foudre par Gaïa.

Son « discours » truffé de « ben-m'enfin-en mode-du coup-c'est la merde-donc le Giec-ben juste-j'ai pleuré quoi-entre guillemets » a dû retourner la prostate de n'importe quel académicien branché ce matin-là. Le climax sera atteint avec la phrase : « J'ai totalement changé de personnes qui m'entouraient parce que c'est devenu compliqué de lier des amitiés avec des personnes qui ne me ressemblaient pas. » Si mes souvenirs sont bons, j'ai dû me faire flasher à cent quatre-vingts à ce moment précis. Les gendarmes vérifieront, c'était sur l'A6 vers Auxerre.

Mais, au fond, elle m'a touché. J'espère que personne ne lui dira que le Soleil étant une étoile comme une autre, il est condamné à s'éteindre un jour. Et, avant cette fin programmée, il faudra sans doute lutter contre un inéluctable refroidissement... Au fond, le problème des générations actuelles, c'est qu'elles se fichent des générations futures. Et sinon, à part ça, je rejoins Europe 1. Vous l'aurez compris, tous ces mots, ce n'est rien d'autre que de la jalousie. Respectueusement.

JDD, 20 août 2022

« MON REMÈDE CONTRE L'ÉCOANXIÉTÉ :

Vous avez entendu parler de ces militants écolos qui se collent les mains sur les stands Porsche ? Mon Dieu, quel bonheur ! Quelle joie !
Si on peut trouver les bandes-vidéo, je pense que ça rentrera direct dans le top 3 de mes vidéos pornos *feel good* de l'année.
Après les aspergeuses de tableaux dans les musées, on a eu droit à leur équivalent masculin : la brigade des crevettes décongelées avec trois poils sous le menton ! Les mecs, on dirait des héros Marvel sortis des soins palliatifs. Ils se sont installés tranquilles sur le stand, se sont collés les mains sur les caisses avant de brailler leurs incantions au Dieu GIEC.
Et, puis là, grain de sable dans la machine, arrive tel le chevalier blanc le responsable du musée !

Il les regarde, ne se démonte pas, et se dit : "Bon, qu'est-ce que je fais ? Je prends un lance-flammes ou j'appelle les potes de Kadyrov ?" Et là, constatant leur physique délabré, l'idée de génie : "Je vais juste éteindre la lumière et mettre le chauffage à seize degrés !" Mais quel visionnaire ! Quel saint homme ! *Santo subito* ! Le lendemain matin, il y en avait trois qui s'étaient fait caca dessus et un autre qui a fini aux urgences parce que la colle lui avait filé des cloques sur la main. Ces gars-là, tu les envoyais à Verdun en 1916, ils décèdaient le premier jour des suites d'une ampoule infectée ! Qu'est-ce qu'il a dû se faire plaisir, le gérant de la concession ! Tu imagines la scène au petit matin ? T'ouvres la porte du garage, t'es accueilli par des effluves de toilettes bouchées et une fois que t'as allumé la lumière, vision de paix et d'amour : des lavettes en train de trembler, collées comme des mouches à merde contre le capot d'une GT3, les mains qui ressemblent à des fions de babouin frits…

QUEL BONHEUR !»

EUROPE 1, 26 OCTOBRE 2022

« Bon cela dit, il y a deux catégories dans le registre du militant écolo : le casse-couilles des musées et son *alter ego* des autoroutes.

VOUS AVEZ VU LES VIDÉOS DU DERNIER BLOCAGE D'AUTOROUTE PAR NOS JEAN MOULIN DU COMPOST ?

Avant que les flics ne débarquent, les seuls qui ont mouillé la chemise pour dégager ces abrutis, c'étaient soit des Africains, soit des Maghrébins. Ah ben, ça ferme direct le clapet du militant identitaire, ça ! Tout de suite, on est gêné, hein ? ! Quelle efficacité dans l'intervention de cette immigration positive ! Il y en a un, ni une, ni deux, il a sauté de sa camionnette, foncé tout droit vers le type en position du lotus : "*Wallah* ! Qu'est-ce tu fais là, toi ? Qu'est-ce tu crois, toi ?..." L'autre tronche de cake, dès qu'il a entendu le mot "*Wallah*", il avait déjà un début de chiasse. Alors il essaie de marmonner un truc du genre : "Mais non... Moi je suis juste là pour sensibiliser sur le climat !" Et l'autre de lui gueuler dessus : "Mais je m'en bats les couilles moi de ton climat, je dois aller livrer à Rungis. Vas-y ! Dégage dans une poubelle, avec tes cheveux à l'huile ! Franchement, on dirait que tu sors de la friteuse d'un KFC !" Et l'autre : "Oui mais si on ne fait rien, on va tous mourir !..."
"Bien sûr qu'tu vas mourir, frère, j'te jure qu'tu vas mourir ! Tu crois que l'périph c'est un espace yoga, enculé ?"
Qu'est-ce que c'était beau...
Si ça devait m'arriver, je suis équipé, j'ai ce qu'il faut dans le coffre de ma bagnole. Ça va être comme à Halloween, mais au lieu de dire "des bonbons ou un sort", ça va être "la chaîne à neige ou le cric". »

EUROPE 1, 2 NOVEMBRE 2022

LETTRE À MA CHÈRE PLANÈTE

Ma triste otage oubliée,

On t'a kidnappée vers le début de ce siècle. Depuis, seuls tes ravisseurs parlent à ta place. Toi, c'est la « planète » ou la « nature ». D'autres diront la Création. Calme ou furieuse, tu es celle qui impose son mystère dans un tableau de Caspar Friedrich, offre sa vibration dans ceux de Van Gogh, invite à deviner derrière ton miracle des miracles plus grands peut-être. Contrairement à tes ravisseurs, jamais tu ne te manifestes par la hideuse musique d'un éructant concert de casseroles. De toi, j'ai vu des matins calmes comme des spasmes d'éclairs effrayants. Dans la nuit noire, tu étales au ciel le mystère des mystères, l'infiniment petit dans l'infiniment grand.

Hélas, ils sont venus t'enlever, les pseudo-porteurs d'idées nouvelles, en vérité des brocanteurs de fumisteries rances et de chimères imbéciles. L'effondrement du mur du Berlin semblait sonner leur glas. Mais, patatras, arriva Greta. Détecteurs infaillibles de tout ce qui était susceptible d'agiter une masse, il les a vite intéressés, le petit messie païen qui faisait sauter au ciel un veau d'or imitant ton nom. En regardant Greta, ils ont deviné la faille béante qui rongeait l'homme moderne : une culpabilité croissante que désormais plus rien ne venait racheter. Dans ces cœurs sinistres remplis de défaites historiques, un sourire mauvais a pris forme : « S'il y a faiblesse, c'est qu'il y a possibilité de pouvoir. Et y a-t-il plus puissant pouvoir sur l'homme que celui qui consiste à appuyer sur son sentiment de culpabilité ? » Ils n'avaient pas tort, car qui voudrait sincèrement te souiller, Nature ? Qui voudrait précipiter ta chute et saccager ton mystère ?

Le pauvre citadin, coupé des éléments, noyé sous le béton et la consommation, tournant dans son appartement comme un ours polaire en cage, était fin prêt pour accueillir ce grand délire, cet esclavage de pleine conscience destiné à panser sa honte.

Derrière Greta se traînait un autre trésor qui plut immédiatement à ces Thénardier des lendemains qui chantent : les jeunes. Il la leur fallait, cette chair à vacarme si malléable devant les idées simples et les raccourcis sans sueur. L'armée rêvée des prolétaires n'était en réalité qu'une cohorte de petits-bourgeois aux mains blanches. On pensait que ces réservistes seraient enfantés par la disette dans les mines et les usines ; ils furent accouchés dans l'abondance par la réclame et les vitrines. Portant haut leur air de traîne-savates, ils furent vite à la hauteur de leurs aînés : capables de s'indigner contre des costumes à plus de mille euros tout en chattant sur des MacBook coûtant le double.

Ils continuaient de hurler « Ni dieu ni maître », mais de toi, Nature, ils ont fait sans honte un nouvel Osiris. Athées du ciel mais bigots du terreau, ils se prosterneraient devant un nid de cafards s'il était prouvé que ces derniers pratiquaient l'alternance des tâches ménagères.

Tagueurs sinistres de tous les mystères, Manneken-Pis à la vessie toujours prompte à arroser le monde de leurs chimères, ils sautent désormais ravis sur la culpabilité des hommes. Un jour, ils expliqueront que si tous les PDG du CAC 40 prenaient le bus au lieu de leur jet, les nappes phréatiques seraient pleines dès le mois de janvier.

Ils ont trouvé la martingale. C'était inespéré. Ils ne te lâcheront plus, ma douloureuse otage. Les capitalistes – toujours inquiets de perdre un début de consommateur – leur ont emboîté le pas sans broncher. Plus rien ne se vend désormais sans vanter un bilan zéro carbone, un inouï recyclage de matière, une recharge électrique fonctionnant aux prouts de grenouilles... Eux aussi ont renoncé.

Une question me hante : qui, alors, viendra te sauver ?

JDD, 3 septembre 2022

« J'AI COMMENCÉ À DÉCROCHER EN MATIÈRE D'ÉCOLOGIE

quand le Tour de France a été estampillé "polluant" et surtout "machiste". En même temps, tu m'étonnes. Je peux te dire que si on commence à faire courir les hommes et les femmes ensemble, ça va vite bien porter son nom, la voiture-balai. »

NOUVEAU SPECTACLE, 2017.

« QUAND ON PENSE QUE NOTRE AVENIR A FAILLI PASSER PAR LA PETITE SUÉDOISE DU CLIMAT…

Tu sais, l'écoanxieuse à tronche de morue séchée avec un nom de bière danoise…

GRETA TUBORG, GRETA HEINEKEN…

Enfin, vous voyez… Ce croisement improbable entre Fifi Brindacier et la poupée Chukky qui est venue faire son caca nerveux à l'ONU : "Vous m'avez volé mon enfance !" Ah, oui, oui ! On a préféré, principe de précaution… Pour paraphraser un grand communicant de la première moitié du XXe siècle. Quand j'entends les mots "Europe écologie", je sors mon diesel. Tiens, ça me fait penser à la blague des deux pédophiles qui causent à une terrasse de Saint-Germain-des-Prés, y a Greta qui passe et l'un dit : "Elle me fait trop bander, la Greta" et l'autre qui répond : "Toi, t'aimes vraiment les Milf." »

NOUVEAU SPECTACLE, 2017.

REPOSE EN PAIX, MAMIE BENTLEY

Cher lecteur, je devine ta douleur. Et, bien entendu, je pleure avec toi. On finit par s'habituer au traitement médiatique des faits divers sordides mais là, une mamie anglaise agressée par le grand âge, les mots manquent pour décrire l'horreur. Le temps est le plus sûr des assassins. On a beau le voir courir sur un cadran de montre, on est toujours surpris quand mémé s'effondre dans le cheesecake sans prévenir.

Les badauds n'en reviennent pas. « Elle était avec nous depuis si longtemps, on s'était habitués. » Ils parleraient de la vieille pendule posée sur la commode du salon qu'ils ne diraient pas autre chose.

Dès l'annonce de son décès, une photo où elle semble rire d'avoir évité un pot de fleurs balancé dans sa direction a circulé sur les réseaux sociaux. Si on mettait un cœur sous l'image, était-ce par enthousiasme ou par tristesse ? Certains malins ont mis des « R.I.P. » C'est à croire qu'on venait de perdre Notorious B.I.G. ou Tupac.

Mais bon, il faudra s'y faire, à quatre-vingt-seize ans, Mamie Bentley a pété le couteau dans la quiche. Si sa disparition nous touche tant, c'est d'abord parce qu'elle était simple. Quand elle venait en Normandie, c'était pour acheter des chevaux. Comme tout le monde, elle aimait rouler en Rolls décapotable avec ses meilleurs amis, des corgis. Pour aller vite, je vous parle d'un chien qui évoque un teckel sur lequel on aurait greffé une tête de renard sous cortisone.

Pour son jubilé de platine, on l'a vue cabotiner face à un ourson en imperméable. On a hurlé au génie humoristique. Quelle drôlerie ! Peter Sellers se serait-il caché sous ces bigoudis laqués ? Cela dit, c'était prévisible. Quand vous avez passé la moitié de votre vie à dire : « Bonjour, ravie d'être là et merci pour votre accueil », il est normal d'avoir une telle influence dans le milieu du stand-up.

Lors de ses audiences, subtile, elle mettait son sac à main sous son bras droit pour signifier qu'un invité la passionnait ; sous le gauche quand il l'emmerdait. S'il lui donnait la nausée, elle se contentait de glisser discrètement sa tête dedans.

Qu'elle eut été à ce point une icône gay n'est pas très étonnant. En une semaine, elle vous faisait le tour des couleurs de l'arc-en-ciel avec ses tailleurs et ses chapeaux. On se demandait d'ailleurs parfois s'il s'agissait de la reine ou d'une égérie de Stabilo Boss. Mais qu'attend Elton John pour contester le trône à Charles ?

Qu'on me comprenne bien, ce n'est pas que je n'aimais pas la reine d'Angleterre. C'est juste que je m'en foutais. Si elle a été assez peu flexible sur mon exigence « remise en main propre » lorsque je lui ai revendu mon vieux Barbour sur Vinted, elle ne m'a pas non plus massacré dans l'évaluation de la transaction : « Vendeur un peu rustre mais veste dans l'état indiqué. Mon fils est ravi. » Et que cela soit bien clair : entre la tête de Robespierre et celle de Louis XVI, je choisirai toujours la première pour aller jouer aux boules.

Les projecteurs se braquent maintenant sur Charles. Il aura battu le record du monde de la lettre d'engagement qui met le plus de temps à parvenir à son destinataire. C'est la fin de son rêve éveillé. Lui qui avait dit un jour à Camilla « Je rêve d'être ton Tampax » (*sic*) devra se contenter désormais de faire tampon entre le Premier ministre et les Britanniques. Respectueusement.

JDD, 10 septembre 2022

CHARLES III, LE KIM JONG-UN DE L'ÉOLIENNE

Entre La République en marche et La Reine en nécrose, il n'y a pas photo. J'ai entendu qu'il fallait attendre dix jours avant qu'elle soit enterrée, c'est bien ça ? Ça en dit quand même long sur les Britanniques… Quand tu mets dix jours à enterrer une nana qui pèse trente kilos, il ne faut pas s'étonner qu'ils aient perdu tout leur empire colonial ! Heureusement qu'elle ne s'est pas convertie à l'hindouisme ! On aurait eu droit à une polémique sur le bilan carbone lors de la crémation !

Bon, cela dit, c'est vrai que ça nous a quand même tous surpris ; un destin brisé à quatre-vingt-seize balais. On n'était pas préparés. Pourquoi si jeune ?

Autant un Balavoine qui passait son temps à balancer du riz sur des villages maliens en hélico, tu te dis qu'il la cherchait un peu et qu'à un moment, il allait se prendre une pale dans une case… Mais, là, à quatre-vingt-seize balais, il te reste encore tellement de choses à faire ! Je ne sais pas moi, la traversée du salon sans te péter une hanche, la montée d'un étage à pied sans oxygène… Elle revenait vivante de Balmoral et elle pouvait encore signer comme défenseur central à Manchester United.

Quand tu es Britannique, je comprends que tu chiales sa mort. Pas tellement parce que mamie a pété le couteau dans la quiche, mais parce qu'il faut voir qui arrive derrière. Le fiston, c'est un écolo furieux !

Le gars, c'est un Kim Jong-un de l'éolienne ! Il paraît qu'il parle aux plantes, qu'il donne son avis sur le niveau des océans... Lui aussi a remarqué qu'il faisait un peu plus chaud !... Incroyable ! Bravo ! En plus, il va hériter d'une fortune de trois cents millions !

Vous imaginez si Corinne Sartre – je veux dire Sandrine Rousseau – gagnait à l'Euro Millions ? Une fois qu'elle se sera fait plaisir niveau shopping en s'achetant des chiottes sèches en or massif, des sandales de réflexologie en platine, un vibromasseur en chanvre, il lui restera quand même de quoi s'acheter un jet pour aller le planter dans une centrale nucléaire, donc méfiance...

Europe 1, 14 septembre 2022

« PARDON, J'INSISTE… MAIS CHARLES,

c'est quand même un mec qui a trompé pendant quinze ans Diana avec Camilla… Vous avez vu la tronche de Camilla ? C'est comme si tu étais marié à Mareva Galanter et que tu la trompais avec Corinne Masiero, ça n'a aucun sens ! »

EUROPE 1, 14 SEPTEMBRE 2022

« ON M'A RÉCEMMENT INTERROGÉ SUR UN POSSIBLE RETOUR À LA MONARCHIE, EN FRANCE.

C'est évidemment impossible ! Je rappelle quand même que les tombeaux des rois de France se trouvent en Seine-Saint-Denis. Vous imaginez le bordel si on fait un convoi pour enterrer le roi là-bas ? Vous pensez vraiment que la terre entière a envie de voir les Dalton faire des roues arrière sur le cercueil ! Il faut être réaliste, au bout de cinq minutes, le convoi se ferait braquer et trois jours plus tard, on trouverait le slip du roi en vente sur Le Bon Coin ! »

EUROPE 1, 21 SEPTEMBRE 2022

LE CONCEPT INOUÏ D'EDF : PERDRE DE L'ARGENT AVEC DES PRIX STRATOSPHÉRIQUES

Peut-être as-tu déjà entendu parler, cher lecteur, d'une entreprise nommée EDF. Le genre de boîte, tu sais, que la culture économique française désigne un peu vite par le terme de « fleuron national ». Ce terme est très pratique pour le petit actionnaire. En général, quand il entend ce mot, il sait que c'est la dernière boîte dans laquelle il doit placer ses billes. À raison, car un fleuron désigne à peu près toujours une entreprise aux compétences majeures qui, abandonnée aux mains du politique, finira tôt ou tard dans un platane. C'est une loi de la nature : mettez un politique aux manettes d'un McDonald's, en six mois, il en fera une roulotte à kebab.

Aujourd'hui, EDF est à la peine. Son infrastructure vieillit et elle cherche désespérément des techniciens soudeurs. Comme il m'est déjà arrivé de souder des micros de guitare, je me suis dit : « Après tout, pourquoi pas moi ? » Je file donc sur le site d'EDF, j'y trouve une page consacrée à l'offre « technicien soudure » et là, feu d'artifice !

Tout d'abord, notre fleuron nous explique sans rire que cet emploi « constitue une belle opportunité pour un technicien désireux de participer à des aventures industrielles ». Il faut saluer l'honnêteté intellectuelle d'EDF car c'est vrai, EDF, c'est d'abord et avant tout une aventure. Quand l'État dépense autant de moyens pour donner à voir une telle misère, on tient là un Koh-Lanta de service public. EDF va même plus loin dans la notion d'aventure entrepreneuriale puisqu'elle a inventé un concept inouï : réussir à perdre de l'argent avec un coût de production ridicule et des prix du marché stratosphériques. Cette boîte est un Hermès à l'envers. Comme dirait l'autre : « Champion du moooooonde ! » Mais ce n'est pas tout.

On savait que l'arrêt des réacteurs et les fuites à colmater étaient des symptômes du délitement de l'entreprise. Il suffit de lire l'annonce pour le poste de soudeur pour se rendre compte que les fissures courent jusque dans l'orthographe des publications officielles. Au bout de quelques lignes, on tombe sur une première faute. Admettons. Ce ne sera pourtant qu'un hors-d'œuvre, car sur l'annonce en grand, deux coquilles grosses comme un EPR au milieu d'une chambre de bonne vous sautent à la figure. Si on laisse à des analphabètes le soin de pondre des annonces essentielles, doit-on en conclure que ce sont des aveugles qui réparent les fuites sur les cuves ?

Cela semblera dérisoire à certains. Ils diront qu'on se serait habitués à la déliquescence de l'orthographe depuis longtemps. Pourtant, est-ce qu'un jeune diplômé aurait envie de rejoindre Goldman Sachs ou Apple si ces entreprises annonçaient sur leurs sites officiels : « Si tu aimes le travail en ékip, rejoin nous donc, jeun haut-potentile ! » On aurait tort de minimiser. On repère souvent une arnaque par mail lorsque l'orthographe est hésitante. Écrire une langue de manière juste, c'est un peu comme la parler sans accent. Se pose alors la question : qui se cache vraiment derrière EDF ? Respectueusement.

JDD, 17 septembre 2022

HUGO CLÉMENT, NOTRE HEMINGWAY DES TRANCHÉES EN MOUSSE

Ça s'appelle « Sur le front – Alerte rouge sur le vin ». « Dans le pare-brise » aurait été plus adapté. L'écoreporter de guerre s'appelle Hugo Clément. On sait déjà qu'on va se poiler. La voix *off* commence par : « Nous sommes en Côte-Rôtie » tout en filmant des vendangeurs ramassant des blancs au domaine Vernay. S'il avait obtenu sa carte de presse ailleurs que chez un vendeur à la sauvette du Troca, il saurait qu'on était à Condrieu. Passons.

Flûtiste faussement ingénu du tintamarre éco-citoyen, Hugo va d'abord s'indigner sur les marges de tolérance légales accordées aux taux d'alcool sur les bouteilles de vin. Péremptoire, il décrète que les consommateurs veulent du vin avec peu d'alcool. Ah bon ? Jamais la vente de spiritueux ne s'est aussi bien portée. Se serait-il réveillé cul nul avec du vomi séché dans un caddie au bord du canal Saint-Martin ?

Séquence suivante, on est à Chablis. En ce printemps, le gel menace. Notre miskine roi des flocons découvre que les viticulteurs font brûler des bougies pour sauver la récolte. Il en est tout retourné : « Mais vous avez pensé au bilan carbone ? » Quand le sage pointe la lune, Hugo lui suce le doigt.

Soyons lucide ; il ne vient pas poser des questions mais illustrer ses réponses. Pour notre Élise Lucet en slim, si le vigneron était un être sensible, il devrait laisser partir sa vigne en couille. Que le viticulteur puisse perdre un an de travail, ça ne lui en fera pas bouger une. Notre Hemingway des tranchées en mousse sait d'où il parle. Un jour, une panne de courant a débranché son congélo et il a dû jeter ses M. Freeze. Il n'en est pas mort.

Il y a pire. Dans le Bordelais, on fait voler des hélicos pour réchauffer l'air. Une aubaine pour se faire les riches ! Hugo jubile. Il ne faut pas se fatiguer à vouloir expliquer le désir d'excellence à un gauchiste. Depuis que Josiane Spinoza (Sandrine Rousseau pour les intimes) a décrété que le travail était une valeur de droite, on peut comprendre que notre Tintin au soja puisse être choqué par cette débauche de moyens. Laissez Latour, Petrus ou Coche-Dury à des zadistes ; en une récolte, ils en feront du Destop.

Soyons juste ; durant une nuit, des riverains se sont plaints des fumées et du bruit. Pour illustrer ce Fukushima-sur-Libournais, on nous fait un gros plan sur le chat des voisins. On ne va quand même pas faire tousser chatoune pour sauver la récolte à Pomerol !

Pour Hugo, faire du vin, c'est d'abord « dompter la nature », donc une violence. Encore un petit effort, et il nous parlera de corrida végétale. On pensait que le moment émouvant du documentaire consisterait à faire déguster à notre marsouin des D-days en polochon un vieux millésime. Loupé, car Hugo ne boit pas de vin... Oui, vous avez bien lu ! Non, Hugo voudra nous lubrifier l'œil en chouinant sur la disparation d'une famille d'ours à cause des incendies dans la Napa Valley... Le jour où il fera une émission sur la filière du foie gras, il essaiera sans doute de nous faire chialer sur une baleine échouée à La Baule.

Le documentaire s'achève sur une note positive. Notre lanceur de frisbee écoengagé va s'extasier sur la pousse de la vigne en spirale et devant des zozos qui vont tenter de faire du mousseux sur pâturage de maïs en Belgique... Manifestement, le mot terroir, Hugo, il connaît pas.

Si tout lopin de terre était susceptible de produire du grand cru, tout le monde ferait de la romanée-conti. Faire un documentaire sur le vin sans comprendre une notion aussi basique est à peu près aussi sérieux qu'imaginer une thèse en algèbre où on confondrait les additions et les soustractions. Mais soyons miséricordieux, le pauvre s'est quand même tapé un voyage jusqu'à la Napa Valley. Respectueusement.

JDD, 24 septembre 2022

«VOUS SAVEZ MOI,

mon rôle ici, à la radio, je le vois d'abord comme un rôle social, comme une sorte de lanceur d'alerte.
Enfin... plus que lanceur d'alerte, je dirais plutôt lanceur de frisbee !
Et comme tout lanceur d'alerte, j'ai une éthique et des limites. Par exemple, je ne vais jamais m'attaquer à quelqu'un qui, par chaque prise de parole, élève le débat à des niveaux stratosphériques.
Je dis ça, je pense spontanément, à Sandrine Rousseau. Elle, ce n'est pas une femme politique, c'est un héros Marvel, le Hulk de l'idée débile. Une éolienne dégoupillée !
Déjà, rien que son nom ! Arriver à se faire télescoper le prénom d'une caissière et le nom d'un philosophe... Elle a quand même osé déclarer que "l'entrecôte au barbecue était un symbole viriliste..." Elle a tellement raison ! Quand tu

as envie de montrer à une nana que tu es un homme, un vrai, tu ne lui offres pas des fleurs, mais un assortiment de merguez ! Rien de tel que de draguer en boîte, habillé d'un tablier Charal, trois chipolatas pendues au jean, et armés d'une pince à bavette ! C'est quand même l'équipement de base du play-boy.
Vous allez me dire que je ne réponds pas – j'élude – à la question essentielle.
Mais par quoi dois-je remplacer l'entrecôte pour enfin ressembler à un baltringue ?... La réponse est simple : le tofu ! Mais attention, pas n'importe lequel ! Quand je parle de tofu, je parle de la partie noble du tofu, la ventrèche ; la partie située juste sous le code-barres de l'emballage, juste saisie à la flamme avec une pincée de spiruline, ça a la consistance d'un foie de veau bouilli avec un petit goût de savon.

UN DÉLICE ! »

EUROPE 1, 2 SEPTEMBRE 2022

« J'ai lourdement dérapé
quand j'ai insinué que

SANDRINE ÉTAIT UN PRÉNOM DE CAISSIÈRE.

Je suis vraiment désolé.

Toutes les Sandrine
ne sont pas des caissières,

ON TROUVE AUSSI DES ESTHÉTICIENNES ET DES COIFFEUSES… »

EUROPE 1, 7 SEPTEMBRE 2022

COMMENT JE SUIS DEVENU INFLUENCEUR GRÂCE À HUGO CLÉMENT

Quel tsunami ! Si on m'avait dit que la dernière chronique publiée ici me ferait gagner douze mille followers en trois jours, je ne l'aurais jamais cru ! Que de rêves intenses m'ont traversé depuis le coup de boost donné bien malgré lui par l'ami Hugo Clément ! Enfin, je devenais moi aussi un influenceur ! À moi, les élites mondialisées qui dirigent le monde depuis un building de Dubaï ! Je piaffe déjà à l'idée de me retrouver sur ces brûlantes plages du golfe pour m'adonner sans honte et sans impôts à des *unboxings* de montres aux prix indécents sur fond de course de chameaux !

Filmé amoureusement par une assistante préparant une thèse en collagène appliqué, j'exhiberai à la terre entière, tatoués sur mes bras, le nom de mes enfants : Hermès, Prada et Lidl (oui, j'ai aussi un partenariat avec ces derniers). Ma vie ne sera plus qu'une longue vidéo TikTok constellée de cœurs et de pouces ! De nouveaux followers se précipiteront en masse sur mon compte pour avoir la chance de s'acheter un dentifrice qui s'utilise aussi bien pour blanchir les dents que pour lutter contre les hémorroïdes. Pour les premiers acheteurs, une brosse d'application spéciale deux en un offerte !

À tous les intrépides qui rêvent de devenir rentiers à seize ans en n'en branlant pas une, j'expliquerai que s'ils ont plus de cinquante euros sur leur livret A sans être encore propriétaires de la moitié du foncier dans le 16e, c'est des tocards ! Ils viendront alors pleurer penauds dans mes mails pour avoir un remède à cette incompétence et moi, dans mon immense mansuétude facturée dix mille balles l'abonnement annuel, je leur livrerai les onze secrets que seuls les cinquante plus riches du classement Forbes connaissent ! Oui, bientôt, toi aussi, si tu suis mes conseils, tu pourras jeter des homards vivants dans la tronche de Warren Buffett et de Jeff Bezos !

Je le sens, il n'est plus très loin ce jour où on me verra faire des drifts en RS6 sur le parking de Parly 2, piler soudain, ouvrir ma fenêtre et lancer à la cantonade : « Si toi aussi tu préfères posséder ce type de véhicules haut de gamme pour ramasser une bombe plutôt que de prendre un bus pour ramasser ta grand-mère, alors rejoins ma team de vendeurs de sapins magiques pour utilitaires ! »

Mais je vais te faire une confidence, cher lecteur : j'ai failli être un influenceur bien avant. Pendant le confinement, une marque de prêt-à-porter affichant de très hautes ambitions écoresponsables me contacta pour un partenariat. Pour me mettre en confiance, le message commençait par les usuelles flagorneries du type « on adore ce que vous faites », « cet univers irrévérencieux » et autre « côté décalé ». Ce dernier compliment m'a toujours beaucoup fait rire, surtout quand il venait d'une certaine faune urbaine écotremblante persuadée d'être, elle, parfaitement bien dans sa tête et « connectée aux énergies » alors qu'elle panse ses angoisses existentielles devant des animaux totems empaillés, des bitures amazoniennes à l'ayahuasca et autres bigoteries païennes New Age.

Bref. Le but du message était de me conduire à faire des vidéos humoristiques sur la thématique du confinement pour divertir la clientèle tout en gardant à l'esprit le caractère engagé de la marque. À cette flatteuse prise de contact, j'ai répondu : « La vraie mode responsable, c'est une collection tous les cinq ans. Bien à vous. » Je n'ai toujours pas de nouvelles. Aurais-je été trop irrévérencieux ? Respectueusement.

JDD, 1er octobre 2022

ON NOUS ANNONCE MUSSOLINI AVEC DES RÈGLES, ON VA SE TAPER UNE PÉCRESSE À L'ARRABBIATA

Qu'est-ce que j'entends : « Georgia Meloni fait peur » ? Pardon, mais elle a quand même déclaré : « Je suis une femme, je suis une mère, je suis une chrétienne. » En gros, c'est une Versaillaise qui parle fort en moulinant des bras ! On nous annonce un Mussolini avec des règles, on va se taper une Pécresse à l'arrabbiata. À un moment il faut se calmer.

Pourtant, même Ursula von der Smurch s'inquiète.

Von der Leyen, vous savez, la Sandrine Rousseau version Erasmus. Alors, elle, plus ça va, plus elle ressemble à un film d'Audiard : elle boit pas, elle fume pas, elle drague pas, mais putain, qu'est-ce qu'elle cause ! Alors qu'elle devait être rassurée la dame ; Meloni fait une coalition avec Berlusconi !

Et Berlusconi, c'est quand même la joie de vivre ! C'est le Joe Biden de Portofino. La preuve vivante de l'efficacité du régime méditerranéen : huile d'olive, poisson et cagole ! C'est ça, le secret ! Ceci dit, je l'ai senti plus inquiet que d'habitude. Sur l'estrade de son dernier meeting, on aurait dit un hamster après une séance d'UV. Tu lis clairement sur son visage qu'il se prépare à une pénurie. Parce qu'il faut être réaliste, entre lui et Madonna, on parle de 50 % des réserves mondiales de Botox !

Europe 1, 28 septembre 2022

ÉLECTIONS AU BRÉSIL ET BÉTONISATION DE LA LANDE

Faut être honnête, la vie dans une ZAD c'est quand même toujours beaucoup plus intéressant que, tiens au hasard, les élections au Brésil. Non, mais déjà, un président qui s'appelle Lula... Quel prénom ridicule ! Lula, le roi du bebop. On dirait le prénom d'une meneuse de revue transformiste.

Non, ce qui interpelle, ce sont ces actions d'écolos qui bloquent les autoroutes ou qui montent des ZAD. Ça, c'est de la belle initiative ! C'est bien que ces gens se rassemblent : c'est comme le brame du cerf, ça vous empêche de dormir, mais au moins ça permet de les compter !

Et qu'on ne me parle pas de violences policières ! Dans ce pays, les flics, c'est quand même les derniers à ne pas avoir le droit d'avoir du plaisir quand ils bossent ! Franchement, tu te fais charger par une élue Europe Écologie en descente de surdosage de curcuma, t'as quand même difficilement envie de lui faire un massage ou des bisous ! Et puis, niveau violence, il y a de la marge : quand tu vois les CRS d'aujourd'hui, tu as quand même l'impression qu'ils ont tous raté une carrière de laveur de carreaux ! Ils sont là avec leur pose pré-lacrymo, on est passés de la garde républicaine à la brigade du pschitt !

Europe 1, 2 novembre 2022

CONNAISSEZ-VOUS LES « BRONZARQUES » ?

Cher lecteur, peut-être te souviens-tu de cette scène mythique des *Trois Frères* où lorsqu'on présente à un Didier Bourdon bourré sa future femme grimée en meringue, il se met à rire nerveusement en grommelant à son futur beau-père : « Zé la goutte d'eau qui fait déborder le vase... » Eh bien, depuis que le gouvernement nous présente sa nouvelle collection automne-hiver d'accessoires de lutte contre le froid, c'est à peu près la même phrase qui nerveusement me traverse. Après *Les Bronzés font du ski*, l'épisode *Les Énarques font du bullshit* est en train de s'écrire sous nos yeux.

Le pitch est tout trouvé : une bande de potes sortis d'une grande école se retrouvent au gouvernement vingt ans après leurs études. Ayant appris durant une crise contre une maladie contagieuse qu'il n'existait rien de plus efficace que d'infantiliser les gens pour leur faire avaler n'importe quoi, ils décident d'appliquer la même méthode lorsque éclate une guerre qui concerne le jeu géopolitique des États-Unis et de la Russie. Ils auraient pu s'abstenir de faire les malins et penser d'abord aux conséquences de leurs fantaisies sur les quatre cent quarante-sept millions d'habitants qu'ils sont supposés gouverner, mais au nom d'un kilométrage plus faible existant entre Paris et le Donbass qu'entre Paris et le Tibet ou le Yémen, nos Bronzés ne peuvent s'empêcher de regarder la Russie en pensant : « Je vais me la faire ! »

Il est vrai que les « bronzarques » ont des principes. Depuis le traité de Lisbonne, les iPhone ne sont importés que de Norvège, et pour ce qui est du gaz et du pétrole, on se tourne volontiers vers l'Arabie saoudite, pays champion du monde des droits de l'homme (pour les femmes, ça se discute, mais pour les hommes, c'est certain). Quand certains pays de l'Union semblent voter dans le sens contraire des nébuleux dogmes autodécrétés par la Commission, le mollah Ursula, gardien de la révolution des œillères, ne se gêne pas pour venir postillonner aux micros tendus ses *fatwas* en sucre.

Face au bordel créé par leurs lumineuses décisions énergétiques du passé et leur stratégique bellicisme d'aujourd'hui, nos bronzarques en arrivent à expliquer aux Français que s'ils doivent payer le chauffage au prix du caviar et l'essence au prix du premier cru, c'est d'abord parce qu'on n'a pas le choix !

C'est sans doute le climax de la comédie qui est en train de se jouer, la *punchline* la plus drôle parce que dissimulant le mensonge le plus grand. On le sait, un ressort comique tient souvent à la mauvaise foi de ses personnages. Manifestement, si les gars de la roulotte au feu de bois qui nous gouvernent n'arrivent pas à dire une fois par an l'équivalent d'un « les masques ne protègent pas du virus », ils perdent le feu sacré comique.

Évidemment, il y avait le choix. Une Europe forte devrait d'abord défendre les intérêts des peuples qui la composent avant de défendre ceux de Biden, de Poutine ou de Zelensky. Si on était dans un drame politique sérieux, face à un risque aussi grave, on aurait pu imaginer que nos bronzarques allaient, dans un bel exercice de vérité, organiser le même jour dans tous les pays de l'Union un référendum avec ces deux questions : « Voulez-vous des sanctions contre la Russie, sachant que vous ne sanctionnerez d'abord que vous-même ? » et « Donnez-vous mandat à l'Otan de faire usage de l'arme nucléaire si celle-ci devait être utilisée par Poutine en Ukraine ? ».

Bien sûr, ils auraient pu, mais ça aurait été moins drôle. Pourquoi priver le public des sensations fortes apportées par cette intrigue mêlant vitrification du budget des ménages et vitrification de la planète ? Après tout, les comédies, ça finit toujours bien. Respectueusement.

JDD, 8 octobre 2022

LE BLUES DU PETIT ACTIONNAIRE DE TOTALENERGIES

Cher lecteur, j'aimerais te parler d'un sujet qui ne te concerne pas forcément mais qui moi me touche beaucoup : la baisse du pouvoir d'achat des actionnaires de TotalEnergies. Je sais de quoi je parle, j'en suis un. Jamais la boîte n'avait distribué avec une telle légèreté autant de primes, de bonus et de revalorisations à ses salariés.

Bon, quand je dis que je suis actionnaire, c'est petit actionnaire. Je n'ai hélas pas de quoi débouler à l'AG de Total avec 25 avocats, faire une Carl Icahn à Pouyanné, me faire nommer au *board* et prendre pour premières mesures une augmentation de 200 % des dividendes, le déplacement de toutes les raffineries dans des paradis fiscaux, l'exhibition des syndicalistes siglés CGT dans des cages et l'envoi aux salariés récalcitrants d'une cagette de topinambours en guise d'indemnités de licenciement. Chacun sa vision du dialogue social. Mais comment en est-on arrivés là ?

La crise du Covid passée, voilà que Total cartonne à nouveau et que les salariés, par l'odeur du *cash flow* alléchés, se mettent en tête de réclamer leur croustille. Je ne juge pas, c'est humain. Cela a au moins le mérite de prouver que dans tout syndicaliste de gauche somnole un rapiat de droite. Si on était cohérent, un homme qui méprise vraiment l'argent voudrait en avoir le moins possible et les manifs de gauche devraient être peuplées de banderoles réclamant une baisse des salaires.

Bref, ne sachant par quel bout mordre le gras nouveau dépassant des comptes de notre machine à cash bénie par les cours du brut, nos intrépides braséristes-raffineurs ont posé sur la table le terme de « superprofits ». Un mot aussi simpliste et racoleur ne pouvait que séduire le journaliste français moyen dont l'inénarrable débilité économique constitue l'un des *must have* de son ADN. Mais qu'est-ce donc qu'un « superprofit » ? C'est par exemple, pour un vendeur de glaces, l'aubaine de pouvoir vendre à la faveur du réchauffement climatique autant de cornets au mois de janvier qu'au mois d'août.

Nos intrépides vont donc en profiter pour nous faire le coup des méchants dividendes écrasant les humbles salaires. En gros, comparer les carottes et les bananes. Pourquoi ? Un dividende n'est rien d'autre que le salaire de celui qui a osé prendre le risque d'éventuellement tout perdre en investissant dans une boîte. Au pire de la crise du Covid, l'action Total cotait vingt euros. Aujourd'hui, elle en vaut cinquante. Si un individu avait investi à l'époque deux mille cinq cents euros (soit la moitié de la somme moyenne que les Français possèdent sur un livret A), deux ans plus tard ces deux mille cinq cents seraient devenus six mille deux cent cinquante, sans compter les six cents euros de dividendes ; soit une augmentation de 274 % quand l'inflation est à 10 %... *A posteriori* ça a l'air facile, mais à l'époque, il fallait oser.

Eh oui, le dividende rémunère un risque, le salaire une prestation. Si on voulait être très méchant, on pourrait dire qu'un salaire n'est rien d'autre que le dividende d'un sans-couilles. Si un salarié était si sûr de la qualité de son travail et donc de l'impact de ce dernier sur le succès de son entreprise, il ne pourrait que vouloir en être l'actionnaire. Le vrai problème du salarié n'est donc pas tant la revalorisation de son RIB que celle de son estime de soi... En vérité, nos braillards CGTistes n'ont peut-être pas besoin d'une prime, mais d'une psychothérapie.

Mais, passés ces mots durs, rassure-toi, cher lecteur, car je suis moi-même un salarié et je t'avoue sans honte que dans mes engagements théâtraux, je préfère plus de fixe et moins d'intéressement. Eh oui, l'âme humaine est ainsi faite : elle soulève quelques bribes de vérité qu'elle a ensuite bien du mal à s'appliquer à elle-même. Respectueusement.

JDD, 15 octobre 2022

URSULA VON DER LEYEN, NOTRE MICHAEL JORDAN DE L'IDÉE DÉBILE

La Commission européenne, emmenée par la Castafiore à particule von der Leyen, a décidé la fin de la voiture thermique pour 2035.

Pascal Canfin applaudit. Et derrière lui, tout ce que le lobby de la ZAD climato-hystérique peut contenir de gerbophiles sur toiles de grands maîtres et de pouilleux spécialisés en *sit-in* autoroutiers. Comme si les errements sur le nucléaire et les éoliennes n'avaient pas suffi, il fallait en remettre une couche. Il est grand le mystère de la petite Commission ! Elle est sans fond la boîte à clous du cercueil européen !

Il y avait pourtant des signes avant-coureurs. N'était-ce pas les mêmes qui ont mis en place la brillante stratégie du « On sort du nucléaire tout en poussant à l'électrisation, mais on n'oublie pas de sanctionner lourdement la Russie, histoire de faire exploser la facture énergétique. On colmatera tout ça avec des chèques en bois, créant de l'inflation supplémentaire et bon courage à Lagarde pour soigner sa bipolarité sur la gestion des taux d'intérêt... » ? Des génies absolus. Rien de moins.

Au nom de cette orgueilleuse chimère consistant à faire croire à l'homme qu'il arrivera à maîtriser le climat en roulant au lithium – rien que d'écrire la phrase, je pouffe –, on nous expliquera sans doute bientôt qu'on arrivera à modifier l'axe de rotation terrestre en triant ses déchets ou à inverser le jet stream en pratiquant l'écriture inclusive. Et qui sait, demain peut-être, des stores pilotables à distance posés sur le Soleil, histoire de refaire de la calotte glaciaire à volonté. Une fois de plus, les peuples n'ont pas été consultés pour appuyer un changement de paradigme aussi majeur. Une fois de plus, on a convoqué une mascarade de convention citoyenne pour justifier les dégazages de l'idéologie écoclocharde.

Je suis las, cher lecteur. Las d'avoir quitté l'école il y a un moment déjà, et de continuer à entendre cette insupportable voix de crécelle qui vient m'expliquer que je dois éteindre la lumière pour faire des économies ou de boire davantage quand il y a une canicule. Je préfère te laisser avec cet extrait d'*Ainsi parlait Zarathoustra* où Nietzsche consacrait un chapitre à l'État, qu'il nommait « la nouvelle idole ». Dans ces mots datant de presque deux siècles, tu trouveras rapidement quelques analogies avec ce monstre grimé en bisounours qu'est devenue la nouvelle Europe. Cette Europe se définissant sans rire comme « progressiste », chose à peu près aussi crédible que le slogan « femme fidèle » sur le tee-shirt d'une prostituée.

Nietzsche : « Dans certains lieux du monde il existe encore des peuples et des troupeaux mais pas chez nous mes frères ; chez nous, il n'y a que des États. L'État qu'est-ce à dire ? Allons, ouvrez vos oreilles et je vais vous parler de la mort des peuples. L'État, c'est le plus froid des monstres froids. Il est froid même quand il ment et voici le mensonge qui s'échappe de sa bouche : "Moi, l'État, je suis le peuple." La confusion de toutes les langues du bien et du mal, voilà le signe que je vous donne, telle est la marque de l'État. En vérité, c'est le symptôme de la volonté de mourir. En vérité, c'est une invitation aux prédicateurs de la mort.

Elle voudrait s'entourer de héros et d'hommes d'honneur, cette nouvelle idole. Il aime se chauffer au soleil des bonnes consciences, ce monstre froid. Où finit l'État commence l'homme qui n'est pas superflu, où finit l'État commence le chant de la nécessité, la mélodie unique, irremplaçable. Ainsi parlait Zarathoustra. »

JDD, 29 octobre 2022

SUR UN FROID QUAI DE GARE NOTRE IDYLLE A PRIS FIN

Dans le registre des traditions françaises, difficile de ne pas parler de cet incontournable de Noël : la grève à la SNCF. Que cette « fête de l'emmerdement de l'usager français », ces « Journées du patrimoine de la prise en otage » ne soient pas encore classées au patrimoine mondial de l'Unesco aux côtés de la baguette et du fest-noz relève du mystère. Qui peut imaginer une langue française amputée des expressions « la galère des départs en vacances » ou « les naufragés du rail » ?

Qu'on se rassure, tant qu'il y aura du rail en France, il y aura des grèves. Comme dirait l'autre, on ne devient pas vraiment français si on n'a pas galéré avec la SNCF au moins une fois dans sa vie. Au fond, qu'est-ce qu'une grève SNCF sinon cette première communion laïque que le service public offre à ses usagers via ces pittoresques curés de l'évangile trotskiste que l'on appelle avec déférence les « cheminots » ? On en aperçoit parfois le représentant syndical sur les plateaux télé : casquette de gavroche vissée sur la tête, jonglant tel un artiste de cabaret avec les « Smic à l'entrée » et les « pénibilités en sortie », le tout avec cet air de poussin tombé des barricades chouinant en boucle sur l'arnaque financière dont le travailleur du rail serait la perpétuelle victime. À l'écouter, la SNCF ne serait pas une entreprise de transport mais un fonds géré par Bernard Madoff.

Mais il faut comprendre. Pour réclamer une hausse de salaire, nos Lantier 2.0 n'ont pas d'autre choix que d'aller faire chier ceux qui les financent à fonds perdu depuis tant d'années. Si seulement les contribuables avaient le pouvoir direct de valider le versement des salaires à nos fanfarons de la motrice, peut-être que ces derniers porteraient un tout autre regard sur l'évanescent concept du « Je vais te pourrir les vacances pour ton bien ! »

À titre plus personnel, chère SNCF, notre histoire d'amour a pris fin en 2016. J'ai bien tenté de t'aimer mais je n'en pouvais plus de t'entendre me dire si souvent d'un ton léger sur un froid quai de gare en pleine cambrousse : « Nous vous informons que votre train a été supprimé. Nous vous remercions pour votre compréhension. » Avec toi, il fallait comprendre. Tu es une sorte d'école de la vie pour stoïcien à bagage à roulettes. Tu fus cette copine qu'on ne cesse d'attendre et qui annule tout au dernier moment. Aurais-je été sous emprise ? Parfois me montent au nez des envies de #MeToo ferroviaire.

Pourtant, tu essaies de te rendre sympathique. Tes imbitables « Ouigo », « InOui » et autres sigles « Àlacon » font songer à des noms de jeux d'éveil plutôt qu'à des offres de transport. Au lieu de nous gratifier de tes publicités en sucre où tu aides des lycéens à résoudre des problèmes de baignoires qu'on vide et qu'on remplit, tu devrais plutôt te préoccuper de relier un point A à un point B dans les délais.

Mais dans le fond, j'aimerais te remercier car grâce à toi j'ai trouvé l'amour : l'automobile ! Me voilà parti au bras d'une grosse allemande. Certes, comme beaucoup d'allemandes, elle a tendance à boire plus que de raison, mais quelle douceur lorsqu'elle vous enveloppe... Dans ses bras, je retrouve cet indéfinissable bonheur de partir selon mon propre horaire, sans promiscuité imposée, sans être à la merci des incompétences des uns ou des revendications des autres. J'ai retrouvé la grisante liberté d'être un voyageur et non plus un colis qu'on promène. Tu ne vas pas me croire, mais je suis moins fatigué en faisant six cents bornes avec elle que lorsque je te confiais les clés de mon voyage. Tu me diras sans doute que je suis un égoïste écoresponsable. Peut-être, mais, rassure-toi, je reste obligé de financer ta gabegie. À l'arrivée, c'est quand même toi qui gagnes. Respectueusement.

JDD, 3 décembre 2022

Invité en première partie du Grand Débat des valeurs, l'humoriste Gaspard Proust a passé en revue le programme des candidats à la présidentielle présents : Valérie Pécresse, Éric Zemmour et, indirectement, Marine Le Pen représentée par Jordan Bardella.

Bonsoir,

alors, vous le savez, vu ce qui se passe dans le monde, comme *a priori*, d'ici une à deux semaines il y a un type un peu chauve et bouffi à la cortisone qui va appuyer sur un bouton rouge dans le but de mettre un sérieux coup de boost au réchauffement climatique (Clairement, je pense que ça sera ça la fameuse cinquième dose). Du coup, je me suis dit qu'avant de tous joyeusement nous dissoudre dans ce grand champignon nucléaire, c'était quand même important, dans la carrière d'un humoriste qui se veut subversif, de faire un truc un peu marquant, un peu collector – comme une sorte de médaille du travail vous voyez ? Et puis aussi un truc que – au cas où la bombe ne péterait pas – on pourrait laisser aux gardes champêtres du Bien pour que ces derniers puissent venir te casser les couilles pendant le reste de la carrière avec des « Mais vous avez fait un truc à la soirée VA, comment est-ce possible, c'est des nazis, etc. » Et là, crise d'épilepsie, AVC, PLS. Que voulez-vous, c'est un peu la malédiction des cœurs purs comme moi ! Ça serait quand même extrêmement malpoli de se pointer au jugement dernier en n'ayant rien à se reprocher ! Alors, c'était quoi les possibilités ? Comme brûler un billet de cinq cents balles à la télé ça a déjà été fait, il ne restait plus que deux solutions : soit, faire une vidéo TikTok « détroussage de cadavres dans un charnier du Donbass », soit venir faire l'imbécile ici ce soir. J'aurais évidemment préféré la première solution, mais comme les Flexibus pour l'Ukraine sont un peu perturbés en ce moment... Rien que pour sortir de Paris, il paraît que ça prend une semaine.

Qu'on me comprenne bien, j'ai eu quelques scrupules avant de venir ici ce soir. On ne peut décemment accepter ce « ménage » sans une petite pensée pour notre Saint-Père de l'humour, notre Saint-François de la blague, l'immense Pierre-Jean-Michel-Apathie-Desproges qui disait très justement : « Mais enfin, peut-on rire de tout avec tout le monde ? » (Je vous laisse faire l'accent du sud en lisant cette phrase, ça ajoute une crédibilité supplémentaire à la chose). La réponse est évidente, ça dépend du chèque ! Certains diront que ce n'est pas très glorieux. C'est vrai. Cela étant dit, ça m'a fait penser à cette phrase qu'aurait dit un jour Surcouf à un officier britannique reprochant aux Français de ne se battre que pour l'argent, alors que les Anglais se battraient pour l'honneur ! Ce à quoi Surcouf a répondu : « Vous avez raison, chacun se bat pour ce qui lui manque ! » Mais que les esprits désintéressés se rassurent, au-delà de l'argent, au fond, ma présence ici est assez normale. Et j'aimerais un instant demander aux journalistes présents ce soir de faire quelque chose d'un peu contre-nature : réfléchir ! Je sais, je vous en demande peut-être trop, mais pardon, quoi de plus naturel que d'aller faire les poches par ce type d'intervention aux riches conservateurs de droite plutôt que d'aller vider celles des camarades de gauche ? Vous pensez vraiment que j'arriverais à me regarder dans une glace si j'allais tremper mon doigt dans le pot de Nutella de Raquel Garrido, alors que je peux aller sans scrupule chaparder des truffes dans le jardin des Zemmour, Pécresse et Le Pen ? Non, non ! *Not in my Name* !

Bien sûr, certains ont essayé de me dissuader. Ils m'ont prévenu : « Là où tu vas, c'est des cinglés, c'est le congrès de Nuremberg ! » Je dois dire qu'à ce niveau-là, la promesse n'a pas été spécialement tenue. Déjà, je constate que je suis le seul qui a essayé de respecter le *dress code*. Dans ma loge, pas de photo de Pétain, pas de photo d'Hitler, pas de *Mein Kampf* sur la table. Et les organisateurs, d'une gentillesse... Des petits jeunes à petites moustaches et jeans slims... qui vous proposent un café, des bonbons... franchement, on se serait cru dans la loge de « Quotidien » !

En plus, on m'a dit que non seulement il y aurait des fachos mais en plus des extrémistes religieux ! Des salafistes ? Pire, des éveilleurs ! Et c'est vrai que ce qu'on peut lire à leur sujet est glaçant. Philippe de Villiers m'a expliqué l'histoire en loge : « Les éveilleurs, c'est ces gars qui manifestent contre la société multiculturelle, multiconflictuelle, mondialiste, en lisant des textes de littérature et de philosophie, en écoutant de la musique et en chantant, assis en groupe, à même le sol. Ces gars-là, ce sont des fous furieux. Il manquerait plus qu'il s'en trouve un pour jouer au diabolo. Vous savez, le diabolo, ce machin où un zadiste fait sauter sur un fil un plug anal dans le ciel. Quand on voit les méthodes des éveilleurs, on comprend pourquoi Poutine attend d'être poussé dans ses derniers retranchements avant de lancer ces redoutables chiens de guerre dans Odessa. Les veilleurs, c'est les brigades de Kadyrov avec des polochons. »

Ça ne m'a pas rassuré... Bon, je dois quand même vous faire un aveu ; il y a trois jours encore, *Valeurs Actuelles*, je ne connaissais pas. Au départ, je pensais que c'était le genre de magazine qui vous présentait le dernier iPhone ou qui vous donnait des astuces pour augmenter le nombre de *like* d'une vidéo TikTok. Pas du tout. Voilà un journal qui passe son temps à parler de flics en *burn-out*, de fumeurs de cracks en plein air et de flux touristiques en provenance du sud. Voilà des gens qui se disent contre le suicide assisté et qui ne peuvent s'empêcher de faire un journal dont la couverture vous interroge dès le matin sur l'utilité de poursuivre cette journée. Et puis, au niveau de la régie publicitaire, quel désastre. On tient vraiment un magazine de pauvres. Jugez plutôt les trois annonceurs phares : la retape d'églises en Syrie, la vente de vêtements de chasse et les croisières animée par des animateurs de télé ringards. Si on y met bout à bout le chiffre d'affaires de ces trois annonceurs, vu le cachet que je prends ce soir, la semaine prochaine le journal fait faillite. Et à ce moment-là, chers journalistes engagés, ça sera qui le Jean Moulin qui aura fait disparaître le journal officiel de la bête immonde ??? On y fait moins les malins, du coup, hein ?

Mais bon, l'histoire me donnera raison, mais pour le moment, le client étant roi, soyons *corporate*. Je dis ça, c'est juste pour mettre à l'aise le journal *L'Humanité* si d'aventure ils souhaitent que je vienne faire une petite prestation au prochain bal des migrants. J'ai vu en plus que Fabien Roussel trouve des qualités à Staline et Castro, donc clairement entre le PC et moi, il peut exister des passerelles basées sur l'humanisme. Je précise juste que je n'accepte pas les paiements en roubles.

Lorsque les mecs de *Valeurs Actuelles* m'ont briefé sur cette soirée, voilà à peu près ce qu'ils m'ont dit : « Bon, Proust, l'important c'est que tu mettes les gens à l'aise, qu'il n'y ait pas de favoritisme pour l'une ou l'autre écurie politique, on n'est pas là pour orienter l'avis de nos lecteurs, l'important c'est qu'ils passent un bon moment et qu'à la fin tout le monde rentre à la maison en se disant : "C'est Zemmour qui raison !" »

Bon, je ne vous cacherais pas que quand un client vous demande ce type de cabriole, on transpire un peu. Alors pour me faciliter la tâche – parce que je suis avant tout un professionnel – un peu comme lorsque Macron discute avec Poutine, je me suis dit : « Essaie de trouver un point d'accroche. Fais l'effort de t'adresser à la part d'humanité qu'il y a dans ce public. » Au fond, ce soir, je me sens un peu comme Frodon le Hobbit devant une assemblée de Gollum à qui j'aurai envie de dire : « Souvenez-vous ! Autrefois vous n'étiez pas ces méchants monstres réactionnaires d'aujourd'hui, non, autrefois parmi vous il y en a qui ont voté Séguin, Pasqua, Chevènement et pour les plus à gauche, qui sait, peut-être Jacques Chirac ! »

Je sais qu'il reste quelque chose d'humain dans vos cœurs ! La preuve, voir autant de gens motivés pour soutenir des candidats qui finiront au mieux deuxième sur le podium ! Plus cruel encore pour vous, si Marine Le Pen arrive deuxième au soir du premier tour, les deux tiers de cette salle voteront sans doute pour Macron. Et c'est logique. Les supporters de Pécresse par calcul de bon père de famille et ceux de Zemmour par calcul politique, pour dégager définitivement Marine Le Pen. Au fond, on m'a promis une salle de monstres et je me retrouve devant une salle de progressistes qui s'ignorent ! Parce que, on ne va pas se mentir, est-ce qu'on imagine Zemmour, un presqu'énarque, aller dire à 20 h 05 : « Bon, ben voyons, j'appelle à vous mobiliser derrière la cancre, enfin la gauchiste, enfin l'autre qui aime les chats, là... » Est-ce qu'on imagine François Hollande appeler à voter pour Benoît Hamon ? Est-ce qu'on imagine Alain Juppé appeler à voter pour Nadine Morano ? Vous allez me dire, Ségolène Royal appellera peut-être à voter Mélenchon. Sans doute, mais bon, c'est pas pareil, Ségolène Royal ne formule jamais un soutien, elle dépose juste un CV.

Ceci étant posé, quels seront les sujets abordés ce soir ? *A priori*, ça risque d'être d'une très grande originalité. Il se murmure même qu'il serait possible qu'on puisse évoquer le sujet de l'immigration. C'est complètement inattendu. *A priori* on aura droit à « Faut fermer les frontières, comment renvoyer les étrangers, immigration zéro, immigration choisie, est-ce qu'on ouvre des centres fermés, est-ce qu'on ferme les centres ouverts, les mineurs isolés, on fait quoi, on les renvoie en avion, en charter, en sous-marin, en colissimo ? »... Quand on écoute les candidats de la droite, on se dit : « Mais si votre passion c'est la logistique, faites livreur Uber Eats ! »

Vous savez, quand il y a une semaine de cela je me suis converti à l'islam radial – je dis ça, c'est juste pour le plaisir de voir le visage décomposé des bourgeoises en t-shirt Zemmour du premier rang. Je disais donc – avant d'être interrompu par mon sens de la fantaisie provocatrice – que je préfère prévenir les naïfs de la salle, en termes de débat contradictoire, on va vers une soirée politiquement plutôt déséquilibrée. À part moi, en tant qu'intermittent, en termes de personnalités de gauche, on a beau regarder le premier rang, toujours pas de trace de Robert Ménard ! Certains diront qu'il y a quand même Marlène Schiappa. Heu, pardon, mais ça, c'est pas la gauche... Est-ce qu'on imagine un instant, une personnalité de gauche piocher dans le programme de Zemmour ou de Pécresse ? Impossible ! Je préfère aussi vous prévenir – frustration supplémentaire – pour avoir un débat idéal, on aurait dû avoir sur scène ce soir non pas trois, mais neuf participants : Un tiers Thatcher, un tiers Merkel, un tiers Jedi, un tiers berbère, un tiers kippa, un tiers Goebbels et enfin un tiers Mélenchon, un tiers Jean-Marie et un tiers la chatterie de Saint-Cloud. Si je peux me permettre, une remarque par rapport à l'histoire de Valérie Pécresse, qui s'est définie comme le Jedi de Versailles. Valérie, si je peux me permettre, c'est très dangereux comme comparaison. Parce que si Valérie Pécresse est Luke Skywalker, il y a quand même de fortes chances qu'en soulevant le masque de son père, Dark Vador, elle tombe sur la tronche d'Éric Zemmour.

Je ne suis pas là pour foutre la merde, mais il y a déjà dans cette salle une nana enceinte qui a des problèmes avec sa tante et son grand-père, si en plus on allume un conflit père-fille... Au départ, c'était pas évident de faire venir Valérie ici. Elle, si ce n'est pas au moins le Stade de France, elle se sent mal à l'aise. Par ailleurs, je pense que Valérie Pécresse est clairement la candidate la plus rassurante de ce soir puisque c'est la plus friquée. Non mais c'est important ! Au moins on sait que s'il y a un nouveau quoiqu'il en coûte, elle mettra de sa poche. D'ailleurs, je trouve, Valérie, que vous ne mettez pas la fortune perso suffisamment en avant, comme argument de campagne. Surtout avec dix points dans les sondages, c'est quoi le risque ? À un moment, faut se faire plaisir... Je sais pas moi, je serai candidat de droite avec dix points dans les sondages, je milite pour un bonus écologique de 5 000 balles par cylindre de moteur supplémentaire ou l'ISF pour toutes les personnes au RSA... J'ai entendu Valérie dire : « Je peux battre Macron ». J'ai déjà entendu cette théorie. Faut être réaliste, passer de onze pour cent dans les sondages à être élue au deuxième tour... À moins que BFM organise un débat entre tous les candidats à Marioupol et que Valérie loupe le bus... Venant d'énumérer là les qualités de Valérie, il serait injuste de ne pas aussi nous intéresser à ses faiblesses. Oui, elle a aussi des failles. Par exemple, elle attend le soutien de Nicolas Sarkozy... Je sais, le gars il serait venu ici et il aurait dit : « Vous savez moi, je ne suis pas pour la mise à l'écart, les postures morales, moi je suis pour le débat. Je ne suis pas d'accord avec ce que vous dites, mais je me battrais pour que vous puissiez le dire. Et vous savez, c'est de qui ? Ben, c'est de Voltaire. » Le mec qui se vante à 60 berges d'avoir lu des bouquins que t'es censé avoir préparés pour le bac. Et qui est devenu le vieux sage de la droite à qui tout le monde vient baiser la Weston... Le gars c'est devenu Gandhi en Rolex...

...Marine Le Pen ne sera pas là, elle a envoyé Jordan. Et c'est dommage parce qu'il y avait des questions essentielles à lui poser... Comme tout le monde elle a une faille, elle aime les chats. Les propriétaires de chats vous disent toujours « Ce qui est bien avec les chats, c'est que le chat n'habite pas chez vous mais c'est vous qui habitez chez lui. » Dans la mesure où cet enculé ne paie ni loyer, ni ses croquettes, on peut se demander : « Quand on est à ce point admiratif du mode de vie de cet animal, Marine Le Pen au pouvoir aura-t-elle vraiment une main de fer lorsqu'il s'agira de régler le problème des squats illégaux ? »

Bien sûr, cette soirée n'aurait pas cette petite odeur de soufre s'il n'y avait pas dans la salle les deux démons : Marion Maréchal et Éric Zemmour. Les deux personnages *borderline*. Si tu vas à un endroit où se trouvent les deux en même temps, *a priori*, tu peux demander une zone d'exclusion aérienne à l'Otan. Voyez, là, depuis dix minutes, j'ai l'impression de caresser le fion du réacteur de Tchernobyl.

Là aussi, on m'a prévenu. On m'a dit : Zemmour, c'est chaud, il y aurait quand même des nazis dans son entourage. Alors, j'ai étudié la question et il faut avoir le courage de le dire, quand on regarde les archives historiques ; des nazis entourant des juifs, ça s'est déjà vu. Bon, ça avait tendance à être très temporaire, mais quand même. Éric Zemmour, ici présent, qui va sans doute nous expliquer que son point fort c'était de toujours dire la même chose depuis trente ans. Pardon, mais c'est un point faible. Je pense que les hommes politiques ne passent pas leur temps à se contredire parce qu'ils n'auraient pas de colonne vertébrale, mais parce qu'à un moment ils n'en peuvent plus de raconter toujours la même soupe. Et je suis sûr que si on laisse Zemmour parler, à force de se répéter, à un moment il va craquer et tôt ou tard, il finira par chanter la créolisation en boubou sur un marché de Montreuil. Ça lui pend au nez. Un jour, on va le retrouver avec un petit burin et marteau dans la main sur une statue de Napoléon en train de taper « C'est pas mon histoire ».

Éric Zemmour, en tant qu'artiste, je ne peux évidemment pas ne pas dénoncer. On ne peut pas laisser dire certaines choses ! Cette obsession de l'islam alors que le problème dans ce pays ce ne sont pas les musulmans, mais les bouddhistes, Monsieur Zemmour. Oui, on n'en peut plus, Monsieur Zemmour de voir la tronche de Matthieu Ricard sur tous les plateaux télé en train de nous expliquer comment on fait pour respirer avec compassion. On sait comment respirer ! C'est même le premier truc qu'on fait spontanément quand on naît ! Et je ne parle même pas de la diffusion de cette idéologie mortifère sur les réseaux sociaux... Pardon, mais toutes ces instagrameuses tombées dans le cirque d'un bouddhisme new age qui prétendent être en communion avec leur animal totem en causant à trois plumes mortes collées sur le reste d'un cul de castor empaillé !

Ça suffit ! Oui, je suis en colère, comme dirait Ségolène Royal ! Car il y a des colères justes ! Et puis pardon, vous nous racontez du matin au soir que l'Église a fait la France, et toujours pas le moindre signe de baptême ! Pourtant, il y avait un coup à jouer, réconcilier Napoléon et l'Évangile ! Aller chez le pape François, lui arracher l'eau bénite et se verser la fiole tout seul sur la tête ! Puis prononcer une phrase pour l'éternité, je sais pas moi : « L'État, c'est moi » ; « Un tiens vaut mieux que deux tu l'auras » ou « Et maintenant, rabbi Zemmour il va danser ! » Et le sommet, c'est cette alliance avec Marion Maréchal, histoire d'apporter une vision économique plus libérale. J'espère vraiment qu'elle ne sera pas nommée ministre de l'Économie. Je me souviens dans le temps elle avait dit : « Je soutiendrais le mieux placé au premier tour. » Je ne sais pas comment le dire, mais *a priori*, 18 c'est plus que 11. Après, c'est sûr, c'est mes chiffres...

Enfin, clou du spectacle, vous aurez droit aussi ce soir à un choc des titans entre Marlène Schiappa et Éric Ciotti sur l'insécurité. Pour vous la faire courte, d'un côté, « on a tout réussi » et de l'autre « vous avez tout raté ». Ça va être passionnant, même si ça risque d'être déséquilibré. Parce que clairement, c'est pas le même niveau et le même bagage d'un côté et de l'autre. Faut dire ce qui est, d'un côté on a Éric Ciotti, bon qui fait ce qu'il peut, qui se réclame comme un expert en sécurité, *a priori* après la présidentielle, il fera commercial chez Verisure. Et de l'autre, on a quand même Marlène Schiappa, qui elle balaie beaucoup plus de sujets : immigration, laïcité, le prix à la pompe, le féminisme, l'autonomie de la corse, le bio dans les crèches... C'est quand même un match très inégal entre un BTS Serrurerie de la droite et la polytechnicienne Touche pas à mon poste du centre... Un Gilles Verdez 360 degrés !

Vous comprendrez que vous ayant mis l'eau à la bouche avec ça, je ne souhaite pas vous faire patienter plus longtemps. Juste avant de finir, comme il n'est pas exclu que vu la qualité de mon intervention vous puissiez m'applaudir et que nos amis de la *Pravda* ne manqueront pas de dire « Proust ovationné à la convention de la droite ». Si vous pouviez me huer et idéalement gueuler des trucs comme « Sale gauchiste, retourne chez "Quotidien" ! », ça pourrait me rendre service. Je n'y crois pas trop, mais celui qui ne s'est jamais trompé, n'a jamais vécu !

Allez, comme dirait Macron qui sera réélu, peu importe la tambouille remuée ici ce soir :

« Et un bon débat à toutes-zelles-et-zeux ! »

Texte prononcé en première partie
du « Grand débat des valeurs », 22 mars 2022

MEA CULPA

CET OUVRAGE A ÉTÉ ACHEVÉ D'IMPRIMER SUR ROTO-PAGE
PAR L'IMPRIMERIE FLOCH À MAYENNE EN DÉCEMBRE 2022

N° d'impression : 101693
N° d'édition : P31386/01
Imprimé en France